La Chambre d'amour

Maryse Wolinski

La Chambre
d'amour

ROMAN

Albin Michel

© Éditions Albin Michel S.A., 1999
22, rue Huyghens, 75014 Paris

ISBN 2-226-10896-3

A Suzanne-Marie-Elisa Bals-Bachère

« N'apprendras-tu jamais, âme basse et grossière,
A voir par d'autres yeux que les yeux du vulgaire ? »

CORNEILLE, *Rodogune*, acte II, scène 2.

I

L'apparition

Chaque matin, les premières lueurs du jour éveillaient Milan. Il se dressait aussitôt face à l'immensité des eaux tourmentées de l'Atlantique et demeurait les yeux fixés sur elles. Les rumeurs naissantes de la ville ne détournaient pas son regard. Plus tard, il prenait un café, à l'extrémité de la plage, au Port-Vieux. Il choisissait une place sur la terrasse, ce qui était encore possible à quelques jours des fêtes de Pâques, et contemplait à nouveau l'Océan, chargé, en ce lieu, de barques et d'écume. Depuis qu'il était à B., Milan ne s'intéressait qu'à l'étendue de jade qui se présentait devant lui. Elle l'hypnotisait. Ses creux, ses bosses, ses lames, ses rages, ses geysers bondissant sur les rochers déchiquetés. Souvent, dans la journée, après un coup de tonnerre, les flots viraient au noir. Des bourrasques soulevaient alors des gerbes d'embruns qui giflaient les visages et abandonnaient des effluves corsés dans la bouche et les narines.

Dès son arrivée dans la ville, il avait trouvé le refuge idéal sans avoir à le chercher : un emplacement sous la rambarde à l'arrière du casino. Il y avait déposé son sac à dos qui enfermait un maigre ballot de vêtements et de souvenirs. Tant que la saison estivale n'était pas commencée, l'endroit demeurait désert. Seuls, parfois, des enfants surgissaient avec leurs bicyclettes. Un jour, ils découvrirent la présence de Milan et cessèrent de venir.

Les quatre premiers jours, Milan n'avait pas quitté sa cache, ne bougeant que pour acheter des sandwichs dans un café voisin. Ce n'est qu'au cinquième jour qu'il affronta les rues de B., curieux de leur faune disparate : femmes bien mises, hommes en costume-cravate et serviette à la main, des touristes de passage, espagnols pour la plupart, et, en embuscade, des grappes de vieux, dont le regard, comme le sien, semblait aspiré par les flux et reflux de l'Océan.

Le lendemain de sa première sortie, il osa pousser son incursion plus loin et s'aventura en direction de la crête. Très vite, il se heurta à l'une de ces riches villas, aux façades ornementées de sculptures baroques, qui se dissimulent derrière les hauts pins séculaires de leur parc et surplombent les bosselures verdoyantes du Pays basque. A travers la végétation, il aperçut une fenêtre ouverte. Alentour, des buissons d'aubépine exhalaient un parfum sucré.

Sans raison, Milan interrompit sa marche et se posta à l'abri des feuillages.

Au bout d'un moment, qu'il n'aurait su évaluer, la silhouette d'une femme se dessina dans l'encadrement de la fenêtre. Malgré la distance, il devina des formes élancées, la finesse d'un buste sculpté par un pull moulant et une abondante chevelure aux reflets vénitiens déployée sur ses épaules. La femme était accoudée à la fenêtre. Dans sa main droite, elle tenait un foulard qu'elle balançait nonchalamment au-dessus du vide. Il retint sa respiration.

Venues de nulle part, les notes d'un piano s'égrenaient. Milan songea aux rues de Prague, d'où s'échappent, sans cesse, des vertiges de musique. Soudain, la femme souleva sa chevelure, la comprima d'un geste vif dans l'étoffe du foulard, dont elle noua les extrémités sous le cou, puis sous la nuque, se recula légèrement à l'intérieur de la pièce, demeurant comme en suspens dans le cadre de la croisée. Il y eut un souffle de vent. Le temps d'une ondulation fugace, une branche obstrua la trouée de verdure. Milan se déplaça imperceptiblement. Quand la fenêtre revint dans son champ de vision, la femme avait disparu. Il attendit, les sens en alerte, guettant un mouvement, une ombre, le frémissement d'une présence, cherchant à vérifier qu'il n'avait pas rêvé, mais la pièce semblait vide, comme la maison. Plus tard, les battants furent refermés par une femme au physique épais et Milan redescendit vers la ville.

Les semaines suivantes, Milan ne retourna pas sur les hauteurs. Hanté par la silhouette entrevue, il s'était replié sur lui-même, recomposant à l'infini la scène dont il avait été témoin. Chaque détail était incrusté dans sa mémoire : le fuselé des doigts, l'évasement du buste, l'arrondi des seins, la délicatesse du visage, le foisonnement des cheveux... Le regard seul échappait à son souvenir : à cause de la distance, Milan n'avait pu saisir sa couleur exacte, si bien qu'il lui demeurait incertain, comme privé de vie et de reflets. Par jeu, il l'associait aux humeurs changeantes de l'Océan, tantôt sombre et tantôt limpide. Puis il l'abandonnait, le laissant à son mystère.

Un jour, dans une brasserie de la plage, il se résolut à sortir de son mutisme et interrogea un serveur avec lequel il avait sympathisé.

— La première villa sur la route de la crête ? Tout le monde la connaît : c'est celle du professeur Delbas !

— ...

— C'est le directeur de la clinique.

— Il vit seul ?

— Pour ça, non ! Il a épousé une fille d'ici, Kaïna. Elle est rudement jolie, et jeune avec ça !

Kaïna.

A cinquante ans à peine, Zdena, la tante adoptive de Milan, était déjà vieille et avait fini par devenir laide, à force d'être trop ronde.

Il était encore enfant quand elle lui avait appris à parler le français, la langue de son patron, à l'époque où elle travaillait à l'ambassade de France à Prague. Elle lui avait aussi communiqué sa foi. Aujourd'hui, lorsque Milan pensait à Zdena, il baisait la croix qu'elle lui avait offerte et qu'il portait au cou.

— J'ai trop de passé ! Trop de passé pour quitter Prague ! gémissait-elle sans cesse.

Milan écoutait ses soupirs.

– Si je m'en vais, qui s'occupera de la tombe de ton père ? Et l'Etat, il confisquera nos biens... A notre retour, que ferons-nous ? Nous n'aurons plus rien à nous.

– Il n'y aura pas de retour !

Zdena n'entendait pas.

Un soir, pourtant, elle lui avait dit :

– Pars. Pars seul. Tu es jeune, solide, tu ne crains rien. Va ! Avec la grâce de Dieu ! Moi, je t'attendrai.

C'était l'été 76. Une soirée chaude, éclairée par le scintillement des étoiles. Il avait embrassé Zdena sur ses joues duveteuses. Il n'oublierait jamais ce moment.

Dans sa tête, il était parti depuis longtemps. En fait, depuis la mort de son père, pendu après le Printemps de Prague.

« Ils » recherchaient Zavis Kalandra, écrivain surréaliste, et avaient arrêté Nicolaï Kalandra, un homonyme. Aucune dénégation n'avait retenu les bourreaux : ils obéissaient aux ordres et tuaient sans discernement. Il n'y avait pas même eu de simulacre de procès. On l'avait pris chez lui, un matin, et descendu dans la cour pour l'exécuter. Il était encore en pyjama. Dissimulé derrière un rideau, Milan, alors âgé de seize ans, avait contemplé le corps qui oscillait au bout de sa corde.

Les larmes de Zdena n'avaient plus jamais séché. La femme s'entêtait dans le malheur. Sans « monsieur Kalandra », c'était ainsi qu'elle l'appelait, elle n'avait plus d'avenir. Elle avait renoncé à tout et s'était enfermée dans l'appartement, puisant la vie dans son chagrin.

Pour assurer leur subsistance, Milan avait abandonné ses études et pris un emploi de manœuvre sur un chantier. Souvent, il imaginait des jours meilleurs dans un pays qui ressemblait à la France.

Prévenu de ce projet de départ, le père Josef, vieil ami de Zdena et tuteur de Milan, avait alerté une organisation française, l'Association chrétienne d'aide aux réfugiés. La réponse avait été favorable. Une militante, Maria, elle-même originaire de Prague, accueillerait Milan à son arrivée en France.

La date fut fixée : le 7 novembre. En prévision de la période d'adaptation, durant laquelle il ne pourrait travailler et subvenir aux besoins de sa tante, Milan effectua des heures supplémentaires qui lui permirent de constituer un pécule.

Le jour venu, il attendit que Zdena se soit retirée dans sa chambre et déposa l'argent économisé sur la table de la cuisine, accompagné d'un mot lui annonçant qu'elle le rejoindrait bientôt. Ensuite il traversa Prague à pied. Le père Josef l'attendait dans la pénombre de son église et ils prièrent ensemble un long moment.

De la fenêtre de sa chambre, située au dernier étage de l'immeuble du foyer catholique où il était hébergé, dans un quartier bruyant et excentré de Paris, Milan tentait d'imaginer l'Océan, par-delà le moutonnement des toits uniformément gris et la pesanteur d'un ciel de fin d'hiver. Durant toute son enfance, Zdena lui avait parlé de ses émerveillements lorsqu'elle séjournait au Pays basque, en compagnie de l'ambassadeur et de sa famille qui possédaient une maison de vacances.

– Les vagues immenses et blanches claquaient contre les rochers, racontait-elle, et l'espace infini de l'Océan menait au bout du monde. L'Océan, mon petit, je n'ai rien vu de si beau.

Comme la plupart des enfants de son pays qui n'avaient jamais vu la mer, Milan rêvait. Pour lui, les mots de Zdena s'appliquaient à une autre planète et décrivaient un univers séduisant où les fantasmes les plus fous se réalisaient. Quand il fut adolescent, les récits du père Josef prirent le relais de ceux de sa tante et, aux énigmes lyriques de l'Océan, succédèrent des images plus concrètes qui lui enseignèrent que la France était le pays de tous les possibles, et d'abord de la liberté.

Par petites touches, la France prit ainsi, dans l'imaginaire de Milan, la dimension d'un mythe, devenant l'objet de ses désirs les plus intimes, où s'incarnaient l'idéal du bien-vivre et de la beauté, l'espace d'un bonheur sans limites.

Maria avait été intraitable : il ne quitterait Paris et le foyer d'accueil qu'une fois sa situation régularisée. Et la régularisation prenait du temps. Des mois. En attendant, la femme le couvait comme son propre fils. A Noël, elle avait organisé une fête pour lui avec l'ensemble de la communauté tchèque réfugiée dans la capitale. Sa tendresse, ses attentions, Paris, à l'approche du printemps, dont il savourait les charmes en sa compagnie, mais aussi la généreuse bienveillance des membres de l'association qui l'invitaient à chaque occasion ne le détournaient pas des rêves que Zdena et le père Josef avaient fait naître en lui.

Le jour du printemps, la carte de séjour en poche, c'est à pied qu'il entreprit le voyage. Il ne choisit pas le chemin le plus court et emprunta les routes qui longeaient les côtes de la Manche et celles de l'Atlantique. A plusieurs reprises, une météo capricieuse, avec des giboulées et des bourrasques portées par le vent du large, l'obligea à interrompre son périple. Pour se ravitailler sans entamer la somme que Maria lui avait remise, il arpentait les marchés à l'heure de la fermeture, récupérant dans le rebut des étalages quelques fruits dont il faisait son repas. Parfois, il s'offrait un sandwich et une boisson chaude dans un café de campagne. La nuit, il se nichait discrètement dans les granges isolées. Il repartait avant que le jour ne soit levé et se lavait au hasard des ruisseaux.

A B., le jeudi était jour de marché. Milan s'y rendit au petit matin, à l'heure où les commerçants installaient leurs étals, et proposa ses services en échange de quelques pièces de monnaie. Certains acceptèrent. Il aida les uns à décharger leur camionnette, les autres à assembler les tubulures et les arceaux de leur stand. Avec la somme gagnée, qu'il compléta en prélevant sur ses économies, il s'offrit un premier vrai repas depuis son arrivée.

Attablé à la terrasse d'une brasserie, il se perdait dans la contemplation d'un groupe de surfeurs quand un homme l'accosta.

— Vacancier ou chômeur ? avait demandé l'inconnu.

Inquiet et sur la défensive, Milan observa l'homme.

— A ma connaissance, avec les retraités et les poètes, ce sont les seules personnes qui se donnent encore le temps de rêvasser, continua-t-il.

Avant que Milan ait réagi, l'ayant examiné de pied en cap, il avait ajouté :

— Dans votre cas, je parierais pour le chômage... Je me trompe ?

Surpris autant que gêné, Milan avait baissé les yeux.

— Je disais ça histoire de parler ! avait poursuivi l'homme. Vous avez vu ce ciel sombre ? La tempête approche...

Le sourire d'Henri, son ironie désinvolte apprivoisèrent Milan qui se dérida et livra des bribes de son histoire. En retour, Henri fit aussi des confidences. Il avait toujours vécu à B., sauf pendant ses études et son service militaire. Aujourd'hui, il était infirmier à la clinique Saint-Charles.

— Il manque un homme de salle dans le service où je suis. Peut-être que tu feras l'affaire. Ça te plairait ? Tu sais, pour ce genre de boulot, on ne demande pas de formation particulière, juste du courage et de l'énergie. Si tu es d'accord, j'en parle demain au chef du personnel.

— Il acceptera un étranger ?

— Un étranger ? Si tu ne me l'avais pas dit, j'aurais juré que tu étais de chez nous. Tu parles aussi bien que moi le français. Et en ce qui concerne notre patron, le professeur Delbas, ce qui l'intéresse, c'est que sa boutique tourne. Le reste...

— Le professeur comment ?

— Delbas ! C'est un spécialiste des os. Il a ouvert sa propre clinique. Bon, je propose ta candidature ?

Milan acquiesça.

— Tope là ! On se retrouve ici demain et je te dirai ce qu'il en est.

La Chambre d'amour

Henri claqua bruyamment la main de Milan et commanda deux bières pour arroser leur rencontre. Ils burent en silence. Puis Henri se retira, laissant Milan à sa contemplation de l'Océan.

Deux jours plus tard, le responsable du personnel de la clinique recevait Milan. L'entretien fut bref.

— Demain matin, six heures précises, dit-il. Vous vous arrangerez avec vos collègues pour les roulements et les jours de congé. Je ne me trompe pas : vous êtes bien célibataire ?

Il chercha un acquiescement dans le regard de Milan et reprit.

— C'est bien ce que m'avait annoncé Henri. Ici, on a besoin de gens disponibles. J'y pense, vous venez d'arriver dans la région, avez-vous un logement ? Une adresse ? C'est indispensable pour enregistrer votre embauche.

Décontenancé, Milan hésita.

— Pour l'instant... pas vraiment. Je...

— Vous êtes à l'hôtel ? Chez des parents, peut-être ?

— C'est-à-dire... Je n'ai pas de famille en France.

L'autre comprit.

— Je vois. Vous cherchez encore, hein ? En attendant, vous dormez tantôt ici et tantôt là, au petit bonheur la chance. Allez, ce n'est pas bien méchant... Mais je ne veux pas de « sans domicile fixe » parmi mon personnel. En sortant de la clinique, allez à cette adresse — il griffonna quelques lignes sur un papier. Il s'agit de ma belle-sœur. Elle possède une ancienne boutique qu'elle ne parvient pas à louer. Vous y serez bien.

Milan emménagea le jour même. Sa logeuse installa un lit de fortune et lui prêta une paire de draps, une couverture et une lampe de chevet. Des cartons récupérés auprès d'un commerçant voisin firent office de table et de chaises. Aussitôt la pièce changea de physionomie. Milan se sentit chez lui.

A l'arrière de la boutique, un réduit avait été aménagé en salle d'eau. Milan ne vit que l'étroite fenêtre qui donnait sur l'Atlantique. En se penchant, il pouvait apercevoir les contours des premiers rochers. Des mots de Zdena, des bribes de ses récits lui revinrent en mémoire.

Les tourbillons de sable dans l'écume qui jaillissait sur les rambardes... les vagues gigantesques à l'assaut du remblai... les promeneurs arrosés par les embruns... les jours de beau temps, le paysage transformé par les pics de chaleur, le bleu irréductible du ciel, la constellation des voiliers de plaisance sur la surface plate de l'Océan, et, au large, les bateaux de pêche valsant sur les flots transparents. Parfois, dans les anfractuosités de la roche, à marée basse, les baisers volés de jeunes amoureux.

Avant la tombée de la nuit, une force irrésistible entraîna Milan vers la villa des Delbas.
Le vent bruissait dans les sapins du parc. Il
retrouva l'abri où il s'était dissimulé la première fois et attendit. Aucun mouvement,
aucun bruit ne s'échappait de la lourde
bâtisse. Sans les persiennes ouvertes et la
lumière d'une lampe qui auréolait l'une des
fenêtres à l'étage, Milan serait reparti.

Lorsque l'obscurité fut complète, quelqu'un rabattit les volets, pièce par pièce.
Milan scruta en vain la silhouette qui se pen-
chait : il fut incapable de reconnaître s'il
s'agissait ou non de Kaïna.

Kaïna longeait la ligne de l'Océan. Son corps était tendu vers la mer infinie où les vagues frappaient de plus en plus fort, couvrant la surface de reflets violets. A perte de vue, il y avait le vide du ciel, la fraîcheur de l'air qui blanchit l'atmosphère, les volutes du chemin poudreux, un rai de soleil, le désert de la lande. Dans l'anse du Port-Vieux, se découpait le profil noir des cabanes de pêcheurs. Plus haut, sur la roche, les bâtisses bourgeoises au crépi délavé regardaient la mer.

Elle avait parcouru plusieurs kilomètres et approchait de la crête, jaune, sèche, désertique. Ses pensées se concentraient sur un homme, aperçu un matin depuis la fenêtre de la villa. Elle s'était emparée d'une paire de jumelles et l'avait épié. Il lui avait paru plutôt grand, jeune, le regard sombre. Il fixait la fenêtre où elle s'était exposée aux fraîcheurs matinales.

Soudain, elle avait eu envie de cet homme. Elle s'était allongée sur le lit, l'esprit envahi de pensées meurtrières à l'égard du professeur.

Oublier le désir, se vider la tête du professeur, de son sexe inerte, et de l'apparition de cet inconnu.

Elle accéléra sa course, impatiente maintenant de rejoindre l'endroit où se trouvait le berger dont le troupeau paissait sur la crête. La première fois qu'elle l'avait rencontré, entouré de ses moutons et de ses chèvres, un chien jaune à ses côtés, elle avait eu l'impression qu'il ne la voyait ni n'entendait ses pas. Tassé contre un rocher, les genoux ramenés sous le menton, sa masse de cheveux gris ne cessait d'osciller comme s'il psalmodiait les paroles d'un chant inaudible.

Le lendemain, elle était délibérément passée au même endroit. Le chien jaune l'avait flairée. L'homme s'était éloigné du troupeau pour la voir. Parvenue à sa hauteur, elle avait ralenti sa course et lui avait souri. Cette fois, la masse de cheveux s'était relevée, deux yeux d'un bleu délavé l'avaient scrutée. Depuis, chaque matin, il l'attendait. Sans un mot, il la regardait courir jusqu'à ce qu'elle eût disparu de sa vue. Le chien jaune avait compris : il ramenait, seul, sans ordre, les bêtes égarées.

Lancée dans la spirale de la course, ses jambes nues se soulevaient du sol à un rythme régulier. Elles se pliaient sous elle, se déployaient. A l'intérieur, seule sensation désagréable, son cœur brûlait par saccades.

Chaque foulée accentuait sa souffrance. Et, jour après jour, elle se sentait plus oppressée et avait l'impression d'être sur le point d'étouffer. Elle se souvenait d'avoir ressenti des douleurs identiques, quelque temps avant la mort de son père. Elle n'en avait jamais parlé à personne. Surtout pas au professeur.

Dans ces moments-là, elle interrompait sa course et n'avait qu'une idée en tête : marcher jusqu'à la baraque ambulante où elle boirait un café. L'endroit sentait la frite et la vase.

Un jeune Italien qui venait de débarquer en France faisait le service.

– *Stretto ?* demandait-il.

Kaïna répondait d'un sourire.

Elle avalait d'abord une goulée d'air et, ensuite, buvait, lentement. Le liquide était brûlant et amer comme elle s'y attendait. Quand elle avait fini, elle conservait la tasse entre ses mains, aspirait la dernière goutte, léchait le rebord et réclamait une seconde tasse.

Aujourd'hui, elle pense qu'elle aurait volontiers pris ce café en compagnie du jeune homme aperçu sous les fenêtres de la villa. Après le café, ils auraient partagé des instants de plaisir. Le désir s'immisce déjà en elle. La pointe de ses seins se tend sous le pull et une chaleur douce irradie son corps.

Courir. Elle se souvient de la première course sur la crête.

Ce matin-là, elle était seule dans la villa. Le professeur s'était absenté plusieurs jours pour un congrès. Réveillée à l'aube, elle avait observé à travers la vitre la lueur pâle du jour qui donnait au ciel une couleur métallique. C'est alors que l'idée l'avait envahie : voir le lever du jour sur la crête et l'Océan.

Elle n'avait hésité qu'un court instant. Habillée à la hâte, la grille de la villa repoussée, elle s'élança et courut sous la brume épaisse, jusqu'à son but. Eblouie par la lumière qui rosissait les flots, elle n'avait pu détourner son attention. Seule, une pluie passagère et grise l'avait contrainte à fuir.

Ensuite, elle était repartie, courant comme une femme ailée, en direction de la côte. De temps à autre, elle reprenait son souffle, allongée sur le sable, les pieds nus à ras de l'écume frémissante, les yeux dans le ciel. L'envie de lancer son corps dans l'air et l'espace, de le projeter vers l'horizon, la saisissait à nouveau. Elle remettait ses baskets et, entre les ornières et les cahots, bondissait sur le chemin raviné par le vent et les embruns.

Le lendemain, sitôt éveillée, l'envie l'avait reprise, plus brûlante que la veille.

Depuis, elle courait. Courir lui rendait la vie acceptable.

Milan ne pense qu'à elle. Kaïna. Il s'est réveillé avec son prénom sur les lèvres. Il voudrait vivre avec elle cette première journée printanière. Marcher le long de la mer, sous un ciel vaporeux, annonciateur de chaleur. Il reste, songeur, près de la fenêtre, une tasse à la main. Les rochers, dont il n'aperçoit que le haut de la découpe, ont pris une couleur d'airain. La brise emporte le bruit des flots qui battent contre leurs flancs.

Milan abandonne ses rêves, enfile ses vêtements, se dirige vers la porte, revient vers le réduit, s'observe dans le miroir au-dessus du lavabo. De la main, il coiffe ses cheveux, remet en place le col du polo sous la veste, s'examine. L'homme que reflète le miroir séduirait-il Kaïna ?

Quand il sort, la rue bruisse déjà des premiers bourdonnements de la ville, mêlés aux rumeurs de l'Océan. Il a le pas nerveux de celui qui est attendu. Il ne se dirige pas, comme chaque matin, vers le centre où se trouvent les bus qui le conduisent à la clinique. Il marche en direction des hauteurs, vers les villas qui dominent la côte. Lorsqu'il prend son service plus tard, il aime suivre le ballet des surfeurs. Aujourd'hui, il pense à Kaïna, uniquement à elle. Il la voit partout.

Il presse l'allure comme s'il craignait d'arriver trop tard, parvient enfin à sa cachette parmi les taillis et respire l'odeur des aubépines. Les pins du parc se balancent sous une brise légère. Entre deux arbres, apparaît une silhouette qui court, crinière au vent. Il la reconnaît. Kaïna. Elle disparaît aussitôt derrière un bosquet et se perd de l'autre côté du parc. Il n'entend plus que le crissement de ses baskets sur le sable.

Il se souvient qu'un soir, par hasard, le patron du bistrot où il boit son café, à la sortie du travail, lui a parlé d'elle. Il venait d'apercevoir le professeur Delbas qui montait dans sa voiture ; le chauffeur avait refermé la porte sur lui.

— Il a belle allure le professeur ! On dirait un acteur de cinéma ! s'était-il exclamé.

Comme si une autre idée lui occupait l'esprit, il avait promené ses yeux jusqu'à la caisse derrière laquelle une brune ronde, petite, avec des seins volumineux et tombants, tricotait entre deux clients auxquels elle rendait la monnaie. Il avait soupiré avant d'insister sur la jeunesse et la beauté de Kaïna qui obligeaient le professeur à demeurer jeune et svelte.

Un client s'était mêlé à la conversation. Sa sœur, qui avait travaillé chez les Delbas, lui avait rapporté les fantaisies de la femme du professeur. Milan voulut savoir ce qu'il appelait « les fantaisies » de Kaïna.

— Elle court, là-haut, sur la crête. Comme ça, tous les jours, avait répondu le client.

La Chambre d'amour

Milan se souvenait encore que l'homme avait ajouté qu'elle était, comme son père, « une estravagante ». Il n'avait pas compris. Il ne sait toujours pas ce que cela signifie. Mais il se promet d'aborder Kaïna la prochaine fois qu'il l'apercevra.

Lui parler, seulement lui parler.

Des éclairs blanchâtres sillonnèrent le ciel, fusant depuis la terre vers la mer, traçant un sentier lumineux au-delà de l'horizon. Au nord de la côte, l'orage menaçait, précédé de roulements de tonnerre et d'éclairs. La tempête soulevait déjà les flots noirs. D'autres éclairs se succédèrent dans le ciel obscurci. Kaïna, posant sa main en visière, se protégea les yeux des vagues de sable enveloppées par le vent.

L'épuisement de ses forces n'entame pas sa volonté. Elle ira encore plus loin et encore plus vite. Au lieu de ralentir l'allure, ses jambes redoublent de puissance. Elle emporte le temps avec elle.

Brusquement, une sensation inconnue, éblouissante, l'envahit : la terre se dérobe sous son poids. Comme une mouette blessée, le corps diaphane suspendu en l'air, indifférente à toute émotion, elle attend.

Un surcroît d'effort, un relent de plaisir, elle hésite, repart. C'est pour une dernière voltige, brusque, vertigineuse, attirante, précipitée vers le gouffre de la vie. Quand la masse de son corps s'affaisse au sol, étourdie, elle ne sent plus rien.

Quelques minutes plus tard, reprenant conscience, Kaïna se relève, trébuche, effectue quelques pas en boitillant, vacille avant d'abandonner.

Cette fois, la douleur l'a vaincue.

Dans la salle du personnel de la clinique, près de la baie vitrée, les employés attendent la reprise, après la pause du déjeuner. Au-delà de la ville, l'Océan aux lames violettes frappe la côte. Milan écoute ses cris rageurs. Il songe à Zdena.

Dans le brouhaha de la salle, enfumée et surchauffée, il n'a pas entendu l'homme qui vient d'entrer et va à sa rencontre.

— Que se passe-t-il ? demande-t-il.

— Un accident ! Dépêche-toi ! Il manque un brancardier, tu le remplaceras.

Quand ils arrivent sur la crête, le vent mugit en bourrasques.

La Chambre d'amour

Kaïna est allongée en travers du chemin, les jambes nues prises dans un buisson de ronces. Milan se penche vers elle, observe son regard fixe, un regard couleur d'eau. Le médecin se penche à son tour, s'accroupit, tâte délicatement une jambe puis l'autre, grimace et se redresse. De la tête, il fait signe à Milan. Celui-ci prend la jeune femme dans ses bras et la porte jusqu'à la civière que le chauffeur a dégagée à l'arrière de l'ambulance. Il pose délicatement la tête de la blessée sur son épaule, attend encore un court instant avant de l'étendre.

La pâleur de son visage dessinait un halo dans la pénombre de l'ambulance. Son bras s'échappa de la civière et sa main se balança dans le vide. Milan s'en empara avec précaution, la posa sous le drap qu'il tira sur son corps.

L'ambulancier mit le moteur en marche. Milan descendit la vitre et écouta le fracas de la houle sur la roche, en bas de la crête. Un frisson interrompit son rêve. D'où provenait ce crépitement qui résonnait dans sa mémoire ? Le claquement de dents des trente prisonniers dans la cellule de la prison de Prague, ou le maniement des armes dans la cour ? De peur il avait souillé ses vêtements.

Il était adolescent et son père venait d'être pendu.

Il remonta la vitre.

— Tu en fais une tête ! dit l'ambulancier.

— Ce n'est rien ! Je ne sais pas pourquoi je viens de penser à ce que j'ai vécu dans mon pays.

Aussitôt, il regretta sa phrase. L'autre, un immigrant comme lui, se lança dans un récit ennuyeux sur son enfance en Pologne. Puis, sans que Milan ne comprenne par quel détour, il en vint à parler des Delbas et ne cessa de bavarder jusqu'à l'arrivée à la clinique.

Philippe Delbas ne fréquentait la librairie de la ville que pour y commander des ouvrages qui avaient trait à la mer et à la navigation. Ce jour-là, il avait demandé à la vendeuse de lui indiquer l'emplacement des rayonnages consacrés aux romans.

Elle le fit monter à l'étage et désigna les tablettes sur lesquelles s'entassaient des livres sans réel classement. Après avoir chamboulé les piles et lu un certain nombre de titres qui ne lui disaient rien, le professeur n'avait sélectionné aucun ouvrage et s'était impatienté. Du haut de l'escalier, il avait rappelé la vendeuse et lui avait réclamé le dernier roman qu'elle venait de recevoir.

– *La Valse aux adieux*, un joli titre, non ?

– Un joli titre, peut-être, mais est-ce un bon roman ?

La vendeuse avait hoché la tête en signe d'acquiescement.

Delbas s'empara du livre, lut le nom de l'auteur, feuilleta quelques pages et le lui rendit pour qu'elle le lui emballe.

– Vous pouvez faire confiance à ma vendeuse, dit le patron de la librairie, tendant la main au professeur, elle adore les romans. Comme Mme Delbas, sans doute.

– Ma femme dévore tout ce qu'elle trouve à lire, répondit Delbas. Je pense que celui-ci lui fera plaisir. C'est pour son anniversaire.

Quand il rejoignait son cotre ancré au large, Philippe Delbas devenait un autre homme. Les patients, Kaïna... tout s'effaçait de son esprit. Dimanche, quoi qu'il advienne, il reprendrait le voilier, seul, face à l'Océan tempétueux. Tandis qu'il enfilait sa blouse verte, il comptait les jours qui le séparaient du prochain week-end.

– Marianne, faites entrer le premier patient !

L'assistante demeura devant lui, hésitante.

– Eh bien, Marianne, qu'attendez-vous ?

– Monsieur... Votre femme a fait une chute. Sur la crête.

La pâleur soudaine du visage de Delbas

trahit émotion et colère. Il se retint à l'angle de son bureau. L'assistante s'approcha, elle lui prit le bras et le conduisit à son fauteuil. Elle ajouta :

— Une ambulance est en route.

— C'est grave ?

— On ne sait pas. L'homme qui a prévenu a simplement dit qu'elle était blessée.

— Qui est cet homme ?

— Un berger, semble-t-il. Il garde ses moutons sur la crête. C'est là que votre femme va courir chaque jour.

— Oui... Elle court. Accompagnez-moi, Marianne.

— Je ne crois pas que l'ambulance soit de retour. Je vais m'informer. En attendant, voulez-vous commencer la consultation ?

— Non, attendez. Trouvez quelqu'un pour me remplacer.

— Je vous débarrasse de votre paquet ?

Delbas tendit le livre à son assistante et s'enferma dans son cabinet.

Milan frappa à la porte du bureau sur laquelle étaient inscrits le nom et la spécialité du professeur Delbas. Il entendit des voix, mais personne ne répondit. Il toqua une seconde fois et, sans attendre de réponse, ouvrit la porte.

Le professeur Delbas conversait au téléphone, tout en examinant des clichés que lui passait une infirmière et qu'il tenait à bout de bras.

— L'opération est programmée dans deux semaines, disait Delbas. Je ne peux pas faire mieux, trois patients passent avant toi. Si tu voyais la liste d'attente... Bien sûr que tu tiendras jusque-là. Tu me fais confiance ou non ?

Le professeur leva la tête et aperçut Milan.

— Monsieur le professeur, votre femme est en salle d'observation.

Il fit signe à Milan d'entrer. L'infirmière salua d'un bref sourire.

Plaçant la main sur le combiné, Delbas s'adressa à Milan :

— Les radios ont-elles été faites ?

— Oui, monsieur. Il y aurait une double fracture.

Delbas posa le combiné, tandis qu'au bout du fil son correspondant continuait à parler. Il se prit la tête entre les mains.

Dans le combiné, le correspondant s'impatientait. Delbas s'empara à nouveau du téléphone.

— Ecoute, mon vieux, je te rappelle. Un coup dur ! Kaïna !

Il raccrocha, quitta le bureau et rejoignit Milan.

— Allons-y. Je veux la voir.

En chemin, ils croisèrent son assistante.

— Marianne, dit le professeur, prévenez Castela, c'est lui qui opérera.

Elle nota sur un carnet le nom du chirurgien et proposa de les accompagner jusqu'à la salle d'observation.

Dans le monte-charge qui les conduisait au sous-sol, Delbas interrogea Milan sur l'état de sa femme quand il était arrivé sur le lieu de l'accident. Milan le rassura, en même temps, il se rassurait lui-même. Puis, Delbas confia à Marianne que, depuis quelque temps, il était inquiet. Il savait que Kaïna courait jusqu'à l'épuisement. Quand elle rentrait à la villa, livide, les lèvres bleuies, elle ne pouvait prononcer la moindre parole. Tout en parlant, il observait Milan.

— Que puis-je faire pour elle, Marianne ?... (Se tournant vers Milan :) Au fait, je ne vous connais pas, comment vous appelez-vous ?

— Kalandra. Milan Kalandra. J'ai été embauché au début du mois.

— Milan Kalandra, répéta Delbas, s'adressant à son assistante, ce nom me dit quelque chose. Me rappelle quelqu'un...

Il chercha à se souvenir.

– Oui... C'est bien ça ! L'auteur d'un livre que j'ai acheté tout à l'heure.

– Peut-être s'agit-il de Kundera ? suggéra Milan. On m'a dit qu'il s'était installé en France l'année dernière.

Ils étaient arrivés devant la salle d'observation. Delbas s'arrêta.

– Merci de m'avoir accompagné, dit-il en saluant son assistante, puis il pénétra dans la pièce où plusieurs médecins et infirmières entouraient déjà Kaïna.

Kaïna avait les yeux fermés. La lampe inondait son visage et son corps dénudé d'une lumière crue. Le drap que l'infirmière, qui venait de quitter le bloc, à la suite du professeur et des médecins, avait déposé sur elle, d'un geste preste, avait glissé sans qu'elle s'en aperçoive.

Milan s'assura qu'il n'y avait plus personne dans la salle, et entra, s'efforçant de contrôler son regard pour ne pas le laisser plonger sur la nudité de Kaïna. Il s'installa près de la fenêtre, le dos tourné à la table. Il y eut comme un léger froissement suivi d'un gémissement. Il revint vers Kaïna.

Des bruits confus de voix, de grincements

de chariots sur le linoléum, de claquements de talons, tout un bourdonnement menaçant parvenait du couloir. Pourtant, Milan ne se décidait pas à quitter cette pièce où il n'aurait pas dû être. Kaïna émit un nouveau gémissement. Il se précipita vers elle, se pencha et chuchota à son oreille :

– Voulez-vous que j'aille chercher quelqu'un ?

Elle répondit par une plainte qui s'échappa de ses lèvres exsangues. Les yeux de Milan ne se détachaient plus du sexe de la jeune femme.

La veille, comme il se promenait sur la plage, un enfant avait couru dans sa direction. Il tenait un coquillage qu'il lui avait tendu. Il s'en était emparé et l'avait posé au creux de sa main. Tous deux l'avaient ensuite religieusement observé, comme s'il s'était agi d'un bijou dans un écrin. Devant son regard captif, l'image du coquillage fusionna avec celle du sexe de Kaïna.

Le désir lacéra les reins de Milan. Son sexe

s'était durci, ses jambes ne le portaient plus. Il se mordit les lèvres pour ne pas les poser sur celles que lui offrait Kaïna.

Quand il rouvrit les yeux, il était assis sur une chaise près d'une table roulante où des linges blancs avaient été empilés. Il en tira un.

— Que faites-vous ici ?

La voix troua le silence des lieux. Le linge s'échappa des mains de Milan. Une femme en blouse verte était entrée. Docteur Annick Bouvier : le nom était inscrit sur la poche de la blouse. Milan ne voyait que cette plaque dorée et ce nom gravé en noir. La femme ramassa le linge, l'étendit sur le corps nu de Kaïna.

Milan ne répondit pas.

— Vous n'avez rien à faire en salle d'observation.

Des pas retentirent dans le couloir. Milan sentit l'angoisse monter en lui. Il était comme un animal aux abois. Toute autre personne aurait trouvé le moyen de se justifier, d'expliquer sa présence auprès de Kaïna Delbas. Pas lui. Il demeura coi, muet, paralysé par la peur... parce qu'il était garçon de salle et se nommait Milan Kalandra.

Sa main s'empare de la croix suspendue autour de son cou.

— Ne jamais poser de questions ni à Dieu ni sur Dieu ! Croire ! disait Zdena.

A l'instant, il éprouve un sentiment d'abandon. Il baisse les yeux comme un coupable devant le docteur Bouvier. Les pas entendus se rapprochent.

Deux des chirurgiens de la clinique entrent. Le plus âgé, dont les cheveux grisonnants dépassent du calot vert, s'adresse au docteur Bouvier. Il ne prête aucune attention à Milan.

— Tu as prévenu pour qu'on emmène Mme Delbas au bloc ?

La Chambre d'amour

— Pas encore ! J'ai surpris ce garçon de salle en flagrant délit de voyeurisme.

Le chirurgien hausse les épaules. Il se dirige vers la table, soulève le drap et se penche sur la jeune femme. L'autre chirurgien l'imite.

— Il faut prévenir le professeur Delbas, continue le docteur Bouvier. Ce type n'a pas un comportement normal.

— Laisse tomber !

Le chirurgien se retourne vers Milan.

— Mon pauvre vieux, tu es mal parti. Cette fille est une vraie salope !

En milieu d'après-midi, Milan fut appelé au service du personnel. Lorsqu'il se présenta, une assistante le fit entrer dans le bureau et l'avertit qu'il devait attendre puis elle disparut dans une pièce contiguë. Quelques minutes plus tard, elle revint, un bloc-notes à la main, suivie de l'homme qui avait reçu Milan pour son embauche. Il lui fit signe de s'asseoir et renvoya la secrétaire.

Le malaise s'installa dans le bureau. Une gêne crispait le visage du responsable et ses hésitations à engager la conversation persuadèrent Milan de l'issue de l'entretien.

– Vous savez pourquoi je vous ai convoqué ?

– Le docteur Bouvier...

– Oui ! Elle a organisé une réunion avec le professeur Delbas et a tenu des propos calomniateurs à votre égard. Nous avons tous cherché à vous disculper, parce que nous vous apprécions. Le professeur a hésité avant de donner sa réponse. Le docteur Bouvier a alors affirmé que vous n'en étiez pas à votre premier acte de voyeurisme... Vous êtes licencié. Sachez que je le regrette.

Milan était resté passif comme un cadavre. Il n'avait ressenti aucune colère, rien qu'une tranquille résignation. Quelques heures plus tard, tandis que Kaïna subissait plusieurs interventions, il rendait sa blouse et son passe de la clinique. Le Polonais qui avait convoyé avec lui le corps blessé de Kaïna le raccompagna dans l'ambulance de service.

– Je me doutais bien que tu avais une histoire avec cette femme ! La femme du professeur ? Tu es fou ou quoi ?

Milan tenta de le convaincre de son innocence et, devant l'attitude butée de l'ambulancier, il renonça à se défendre. Durant la nuit qui suivit, il marcha des heures au bord des vagues crayeuses. Où était Dieu dans ce ciel agité ? Il pria, à la recherche d'un appel, d'un espoir. La prière est une douce consolation.

Au matin, Dieu et la rumeur de l'Océan lui redonnèrent la force d'espérer.

II

La rencontre

Cela faisait deux mois que l'accident de Kaïna avait eu lieu et que Milan avait été licencié de la clinique. Chaque jour, il se rendait à la villa des Delbas et attendait les apparitions de la jeune femme, dissimulé derrière les buissons d'aubépine du chemin de terre qui partait vers les dépendances de la propriété.

Parfois, le matin, Kaïna s'installait dans un fauteuil devant la fenêtre dont les rideaux avaient été tirés. Le front collé à la vitre nue, elle fixait son regard sur l'étendue des vagues grises. Aux aguets, Milan se racontait que la vue du large lui apportait, comme à lui, des instants de bonheur et qu'elle ne pouvait vivre sans apercevoir les creux, les sinuosités, les profondeurs, les turbulences de la mer. Qui était-elle ? Quel fardeau portait-elle ? En ville, les gens racontaient des choses étranges sur son compte et celui de sa famille. Henri lui en avait parlé. Milan continuait à rencontrer son ami régulièrement et celui-ci lui procurait des petits travaux au noir pour lui permettre de survivre.

Dès qu'il aurait lié connaissance avec Kaïna, il la conduirait vers la Roche-Ronde, où, dans la journée, se réfugient les pétrels. L'autre soir, Milan les a guettés. Ils se sont envolés avec la nuit. A ce moment, il avait pensé à elle, Kaïna Delbas, et avait respiré le souvenir de l'odeur de son corps. Cette violente odeur d'océan.

Certains jours, il prenait la résolution de ne plus rôder autour de la villa. De ne plus jamais aimer Kaïna, de ne jamais lui parler. Il s'enfermait chez lui et, allongé sur le lit, laissait dériver ses pensées.

Le lendemain, sa volonté n'écoutait que son désir. Il contournait la ville, derrière le phare, suivait les collines plantées de tamaris, et se retrouvait sur le chemin de terre, avec les fenêtres de Kaïna en face de lui. Ne devrait-il pas s'inscrire à l'ANPE, chercher un autre travail, penser à l'avenir ? Il ne pensait qu'à elle. Au désir qu'il avait d'elle.

Le rideau a bougé, la fenêtre s'entrouvre, Kaïna apparaît. Elle s'appuie contre le chambranle, colle son visage au carreau. Elle porte un chandail noir et promène son regard d'eau. Mais brusquement, elle quitte la fenêtre et disparaît. Un cri plaintif s'échappe de la villa.

Milan frémit. Il attend. Longtemps.

Une pluie brutale et tiède assombrit le paysage. Milan ne bronche pas, recroquevillé sur lui-même, à l'abri sous les taillis, les paupières lourdes. Dans cette position, toujours tourné vers la fenêtre de la villa, il finit par s'endormir.

Quand il rouvre les yeux, le ciel s'est en partie dégagé et des rayons percent ici ou là, réchauffant l'atmosphère humidifiée par l'orage. Il perçoit un bruit sec de porte refermée, puis des pas dans l'allée semée de tamaris. Il abandonne sa cache, s'ébroue, et avance sur le chemin de terre. En contournant les dépendances, il lui paraît possible d'observer ce qui se passe dans le parc.

Il grimpe sur un muret recouvert de mousse et de lierre. Une femme cueille des fleurs et les rassemble en bouquet qu'elle ficelle d'un lien de raphia extrait de sa poche. Milan écoute le crissement de ses talons sur les marches d'un escalier, puis le bruit que fait son doigt, frappant à une porte. Eclate alors un rire, interminable, convulsif.

Un jour baigné de soleil, ce soleil cuisant de juillet, Kaïna quitta enfin la villa.

Elle s'aidait d'une canne de bois tourné, s'appuyait sur le pommeau, reposant davantage sur la jambe droite, la gauche légèrement fléchie, le corps déhanché. Malgré la température exquise pour une matinée et l'absence de brise, elle portait sur la tête le même foulard que le jour de l'accident. Juste quelques mèches s'en échappaient.

A travers les branchages, Milan l'aperçut. La bouche largement ouverte, elle écarquillait les yeux et aspirait de grandes goulées d'air. Chaque inspiration lui colorait de rose les joues et les lèvres et semblait lui insuffler l'assurance de continuer sa marche.

Elle enjamba, avec précaution, un petit portail entre deux haies, s'éloigna de la propriété, suivant une route étroite et sablonneuse, ombragée de pins majestueux à l'écorce rouge. Une route peu fréquentée, principalement réservée aux cyclistes et aux cavaliers comme l'indiquait un panneau suspendu à un pylône. Au-dessus des rochers rongés par le vent, on distinguait la lente avancée des bateaux de pêche.

Milan surveillait le pas régulier, mais cahoteux, de Kaïna. De temps en temps, elle s'arrêtait pour reposer sa jambe, puis reprenait sa marche inclinée. Elle ne donnait pas l'impression de faire une promenade vagabonde et paraissait, au contraire, avoir un but précis.

La route épousait les échancrures de la côte. Dans un brouillard lumineux, à travers les branchages, émergeaient les villas. Depuis le promontoire, Kaïna pouvait apercevoir le mouvement des bateaux, et, parce que pour une fois, en cette chaude journée, l'Océan n'était pas couru de houle, elle pouvait aussi entendre l'écho des voix et des rires des pêcheurs.

Elle s'assit sur la rambarde, secoua ses cheveux décolorés par le soleil et emmêlés par le vent. Le corps légèrement incliné en direction de la mer, la respiration hachée, elle scruta l'horizon.

Des barques, nombreuses, grises, tanguaient. A cette heure de la journée, les pêcheurs s'activaient encore. Leur ombre se profilait sur le miroir des vagues. Ils unissaient leurs forces pour tirer les filets débordant de victimes frétillantes. S'élevait un hourvari qui se perdait au-delà des rochers. Dans un mouvement d'ensemble, les silhouettes jaunes reprenaient leur poste, penchées sur d'autres filets qui restaient à remonter. Leur travail en direction des fonds fut interrompu par une gifle du vent. Ils attendirent, silencieux. La bourrasque éloignée, ils se remirent à l'ouvrage. Entre eux et l'Océan, Kaïna avait toujours senti comme une intimité, une compréhension. Souvent, elle se demandait si le professeur, épris de grand large, partageait cette connivence avec les pêcheurs.

Soudain, des cris rebondirent sur la surface de la mer. Venus d'un bateau ancré au plus près du rivage, à quelques mètres des rochers anguleux. Sur le pont désert, un homme surgit de la cabine. Une femme le suivait, s'agrippant à lui et hurlant. Son seul vêtement était un pantalon de couleur foncé. Echevelée, ses seins lourds ballottant sur un ventre si rebondi que l'on aurait pu croire qu'elle approchait du terme d'une grossesse, elle hurlait des injures en direction de son compagnon. La dispute qui avait éclaté entre eux ne tarda pas à dégénérer. Ils se battirent. Etourdie, la femme semblait près de s'écrouler quand elle se jeta à nouveau sur l'homme et reprit la bagarre.

Des grondements lointains secouèrent les flots, creusant des gouffres, formant des bosses écumeuses et transformant le ciel en une vaste couche brune. Une fraction de seconde, Kaïna parut désespérée par le changement de temps, puis, à nouveau, s'intéressa au couple sur le bateau. Un faux mouvement lui fit lâcher la rambarde. Elle s'efforça de se retenir, mais glissa. Précipitée dans le vide, la canne termina sa course sur les rochers.

Milan s'agenouilla. Elle avait perdu connaissance. Il appuya sa tête contre lui et tapota ses joues. Elle ouvrit les yeux. Comme le jour de l'accident sur la crête, il fut surpris par son regard. Il la souleva. Aussitôt, elle abandonna son visage dans le creux de son cou et agrippa sa main à la sienne. Ensuite, elle relâcha son étreinte et se dégagea des bras de Milan. Il la reposa délicatement.

— Où m'emmenez-vous ?

— Vous avez glissé... votre canne a disparu dans les rochers... pourrez-vous marcher ?

Elle réprime un cri de douleur.

— C'est ma jambe blessée qui a tout pris ! Mais vous, que faisiez-vous sur ce chemin qui mène à ma villa ?

Malgré la souffrance, elle l'observe avec une lueur de curiosité dans le regard.

— Je passais... Il y a, pas loin d'ici, à la pointe d'Ilbarritz, un petit café tranquille. Après un verre, vous vous remettrez.

Milan la prit par la taille et la pressa contre lui. Elle se laissa faire et se pelotonna comme l'aurait fait une chatte, la tête contre l'épaule de l'homme. Elle respirait fort, par petits souffles rythmés. Le vent chassait son foulard

qu'elle tirait en avant sur ses cheveux, et
dont elle réajustait le nœud sur la nuque.
Derrière les falaises de marne bleue l'Océan
s'enflait.

Les sifflements du vent pénétraient à travers la porte entrouverte du café, à la façade corrodée par les embruns. Milan croisa le regard de la patronne accoudée au comptoir en compagnie de quelques hommes. D'un mouvement de tête, il lui fit comprendre qu'il souhaitait fermer la porte.

– Fermez, si vous voulez. Mais moi, j'ai chaud.

La voix était rauque. La femme passa de l'autre côté du comptoir sans quitter le couple des yeux, attendant leur commande.

Milan entraîna Kaïna à une table d'angle dans la pénombre de la salle.

– Que voulez-vous boire ?

Kaïna s'était tue, les yeux baissés, comme retirée en elle-même.

– Un rhum ! dit-elle brutalement.

– Excellente idée, je vous suis. Deux rhums, s'il vous plaît !

Kaïna restait immobile, le corps voûté, les mains à plat près du verre. Milan remarqua que ses paupières étaient ourlées de grands cils clairs.

La patronne remporta la bouteille après en avoir minutieusement essuyé le goulot au tablier bleu marine qui lui ceinturait le ventre.

Les premières gorgées de rhum avaient échauffé le visage de Kaïna.

Elle reprit le verre, le porta à ses lèvres et vida d'un trait ce qui restait. Milan sourit.

— En souvenir de mon père ! dit-elle. C'est lui qui m'a fait boire mon premier verre de rhum. J'étais jeune encore, et fière de boire comme lui ! J'ai juste un peu toussé quand l'alcool a coulé dans ma gorge.

— Votre père travaillait à la clinique ?

— Vous n'êtes pas d'ici ! Comment vous appelez-vous ?

— Milan ! Je m'appelle Milan Kalandra !

— Milan... Vous connaissez la maison de pêcheurs, à l'extrémité de la plage des Basques ?

— Peut-être. Je crois l'avoir vue en marchant.

— C'est là que nous vivions, mon père et moi. La nuit va tomber, elle tombe tôt sur la côte... Il vaudrait mieux se séparer ailleurs qu'ici, dans ce café. Nous pourrions aller jusqu'à la maison des pêcheurs.

— Vous ne craignez pas la tempête ?

— La tempête, c'est poétique, non ? Mon père était poète. Vous-même, que faites-vous ?

— J'avais un travail mais... je ne l'ai plus.

— Allons, partons, maintenant !

Quand Kaïna poussa la porte, le vent balança une volée de sable. Milan déposa le billet sur le comptoir et rejoignit la jeune femme.

Les hommes du bar les suivirent des yeux.

Kaïna s'appuyait sur le bras de Milan, se servant de lui comme d'une béquille. Ils croisèrent un groupe d'enfants qui se disputaient autour d'un ballon. Sur la plage, des gens, des femmes et des hommes seuls, des couples enlacés, promenaient leurs chiens. Les animaux gambadaient jusqu'au remblai, reniflaient les jambes de Milan et de Kaïna et s'en retournaient vers leur maître. Kaïna tenta de retenir un bichon blanc qui mordillait le bas de son pantalon, réclamant des caresses. Elle l'avait pris dans ses bras et le berçait comme elle l'aurait fait d'un bébé.

— Il me rappelle le mien. Aussi affectueux.

Elle le relâcha dès qu'elle entendit le propriétaire siffler sur la plage.

– Vous parlez au passé ? Vous ne l'avez donc plus, ce petit chien ?

– Il a eu une crise cardiaque. En fait, c'était le chien de mon mari, le professeur Delbas. Si vous n'êtes pas d'ici, vous ne pouvez donc pas connaître le professeur.

– Avant, je travaillais à la clinique.

– A la clinique du professeur ?

Ils marchèrent longtemps. Kaïna avançait, retenant son souffle à chaque pas. Elle lançait en avant le pied de sa jambe blessée dont elle déposait l'empreinte sur le sable mouillé. Le visage tendu, creusé par la douleur.

– Vous semblez fatiguée. Voulez-vous vous reposer un peu ? Nous pourrions faire à nouveau escale dans un café, au Port-Vieux ?

– Ce serait une bonne idée. J'ai encore soif ! Pas vous ?

Le soleil déclinait. Une lumière ambrée ondulait sur les vagues comme si les gerbes d'écume avaient soudain pris feu. Quand ils atteignirent l'anse du Port-Vieux, ils entrèrent dans le premier café, situé près de l'endroit où les pêcheurs amarraient leurs barques. A plusieurs reprises, Kaïna répéta :

– J'ai soif, pas vous ?

La salle était bondée, enfumée, imprégnée des odeurs du gril à poissons qui fonctionnait sans interruption. Aucune place n'était libre au comptoir. Ils se frayèrent un chemin jusqu'à une table vide, la seule. La serveuse, une fille très jeune, presque encore une fillette malgré la hauteur de ses talons, vint prendre la commande.

– Un rhum !

– Vous en prenez l'habitude ! lui fit remarquer Milan.

– C'est vous qui m'en faites prendre l'habitude.

Elle rit. D'un rire détendu, réparateur.

– Nous sommes bien, ici. Mieux que dans l'autre café. Nous nous perdons dans la foule, personne ne peut s'intéresser à nous.

Elle but à petites gorgées.

– Ce rhum va me donner du courage pour atteindre la maison. Maintenant, j'ai faim. Pas vous ?

Milan fit signe à la serveuse. Visiblement, celle-ci avait terminé son service. Elle avait déjà ôté son tablier. Elle leur proposa des sandwichs. Ils acceptèrent.

Kaïna avait incliné sa tête vers l'épaule de Milan, leurs hanches se frôlaient sur la banquette de bois.

La Chambre d'amour

Quand ils sortirent, la rumeur du café s'étendait jusqu'à la plage. Ils reprirent leur marche. Milan offrit son bras auquel Kaïna se suspendit.

Balayée par les lames de la marée montante, la maison leur apparut. L'argile cuite de la toiture, où était enchâssée une lucarne, brillait sous les reflets des embruns.

– D'escale en escale, nous y sommes arrivés, soupira Kaïna.

Elle fouilla dans la poche de son pantalon et en sortit un trousseau de clés. Elle en choisit une, dorée, longue, au panneton crochu, avec un gros anneau. Une clé ancienne, piquetée de rouille, qu'elle montra à Milan.

– Voyez la clé de la maison bleue, on en fait plus de ce modèle aujourd'hui.

– Oui, mais ferme-t-elle bien ? Vous n'avez pas peur d'être cambriolée ?

– Qu'importe ! Il n'y a rien à voler !

– Pourquoi dites-vous « la maison bleue » ? Rien n'est bleu, pas même les volets !

– Une nuit d'été, mon père l'avait vue bleue. Le bleu de minuit en été.

La serrure débloquée, d'une bourrade, Milan ouvrit la porte. Un rayon de lumière tombait de la lucarne. Kaïna se dirigea vers une pièce dont le battant craqua quand elle le poussa.

Milan attendit. Son regard s'évada à l'intérieur de lui-même. Puis, la voix de Kaïna retentit.

– Milan, vous venez ?

Le lit est défait. Elle est allongée, nue, sur les draps ouverts qui sentent le moisi. Un flot de lumière, provenant de la lucarne, éclaire son corps et les mèches dorées de sa chevelure avec une extrême netteté.

Silence. Juste le choc des lames sur les rochers proches. Les tumultes de l'Océan et de ses eaux farouches. De vagues grondements tombés du ciel, ou montés de la mer. Les ravages du vent sur les murs de la maison bleue.

Kaïna sursaute. Se lève. Tire Milan par le bras. Cille de ses yeux d'eau. Ensuite, c'est l'amnésie totale et ordinaire du désir violent, tenace, qui ne laisse pas de place pour la réflexion, le temps, le souvenir.

Milan se débarrasse de son pull et de sa chemise. Il est torse nu, poitrine glabre, musclée, peau mate déjà luisante de sueur. Il caresse la jambe blessée, pose ses mains sur les seins ronds et pleins, les prend dans sa bouche, serre ses lèvres sur le bout tendu, nerveux, vibrant. Elle gémit. Ils roulent sur le lit, d'un côté puis de l'autre, et ils rient.

Elle souffle des mots qu'il ne comprend pas. Ses yeux n'ont plus de couleur. Milan voit à travers son âme.

Après.

Kaïna a blotti sa tête sous le bras de Milan, leurs deux mains réunies, croisées, à hauteur de sa cuisse. Leur respiration est rythmée, synchrone, commune. La nuit tombe sur leur silence, troublé par le mugissement du ressac. Traversant la lucarne, la lumière laiteuse d'un croissant de lune joue dans les plis des draps. Milan étend le bras, caresse le corps de Kaïna. Son doigt se promène sur la hanche, remonte le long des côtes, glisse sur le rebondi du ventre, dessine d'invisibles chemins, descend vers le pubis où sa main s'abandonne. Leurs lèvres se cherchent et ne se lâchent plus.

Puis, Kaïna se relève, enfile la chemise de Milan, la tire pour dissimuler son sexe. Remonte sur le lit, près du corps de Milan, alangui de fatigue. Elle se laisse tomber sur lui. Ils s'enlacent et s'embrassent. Milan se retrouve sur elle, son sexe durci bat contre son ventre. Ils s'aiment encore, avec la même frénésie.

Kaïna décide d'ouvrir les volets. Ils résistent. Elle persiste, cogne avec les poings le chambranle humide. Le bois cède. Dans le ciel boursouflé, une étoile se glisse entre deux nuages. Un souffle de froid s'est répandu et gèle leurs corps. Kaïna frissonne, referme la fenêtre, se précipite vers le lit pour s'envelopper dans le drap. Le mouvement a fait naître une grimace sur son visage. Elle se mord les lèvres pour réprimer un cri, frotte avec vigueur sa cheville qui lui fait mal. Milan l'apaise : ses lèvres suivent la cicatrice rougeâtre, épousent les courbes du mollet, de la cuisse, remontent doucement vers le pubis. Elle se penche sur lui. Il la voit entre ses cils.

Il voudrait encore entrer en elle, l'habiter. Ne plus jamais quitter son corps. Et pour la première fois depuis qu'ils sont dans la maison, elle parle, questionne :

— Qui m'a trouvée sur la crête, le jour de mon accident ? On ne m'a rien dit.

Milan se tait. Puis comme elle insiste :

— On pense que c'est un berger. Il a téléphoné à la clinique et a dit qu'il vous voyait tous les jours.

Pendant que Milan parle, lentement, comme il en a l'habitude, elle sourit.

— Alors, c'est lui ! Lui aussi me suivait. Sans que je le sache. Comme toi... Tu m'as suivie, n'est-ce pas, sur le chemin de terre ? Pourquoi le berger ne m'a-t-il jamais arrêtée pour bavarder avec moi ? Je me suis souvent interrogée.

Milan la serre contre lui. Son regard fuit au-delà de la vitre.

Elle se lève, glisse sur le parquet, enfile ses vêtements par-dessus la chemise de Milan.

A son tour, il se rhabille, juste son pantalon et son pull.

— Vous pourrez marcher jusqu'à la villa ? Sans votre canne ?

— Je garde votre chemise, ça ne vous gêne pas ?

Milan acquiesce.

La silhouette de Kaïna s'évanouit dans la brume.

— Je vous reverrai ?

Milan crie. Elle ne répond pas.

Dans le café de l'esplanade du Port-Vieux, il l'a attendue trois jours.

Elle entre. Les cheveux, échappés du foulard, balaient son visage. Le vent les a rendus fous et lui a coloré les joues. Elle s'appuie sur sa béquille, avance vers lui. La patronne la regarde sous le nez avec un air de suspicion policière. Kaïna s'approche de la table où un verre a déjà été servi. Elle porte la chemise de Milan et l'odeur de l'Océan. Il l'aide à s'asseoir, coince la nouvelle canne entre le mur et la chaise. Tire celle-ci vers la table.

— J'ai failli ne pas pouvoir arriver. Je craignais d'être emportée. L'Océan est profondément noir.

– Il va encore y avoir une tempête. Quel été pourri ! C'est bien comme ça que vous dites ?

– Ce matin, l'écume jaillissait jusqu'aux fenêtres de la villa. C'est une ville de tempêtes. Ce verre est-il pour moi ?

Elle n'attend pas la réponse. Elle le porte à ses lèvres, aspire le liquide brunâtre, une grimace se forme sur sa bouche. Elle tient toujours son verre à la main et sourit.

– Aujourd'hui, je n'aime pas la tempête. Elle crie trop fort. Vous me protégerez de la tempête ?

– Je voudrais vous protéger de la tempête. Et de tout ! Votre verre est vide. Je vous en commande un autre ?

– Un rhum !

Milan ne la quitte pas des yeux. La patronne du café non plus. Elle l'observe de son œil inquisiteur en jouant nerveusement avec les liens de son tablier. Milan lui a fait signe. La femme extrait la bouteille de rhum d'un placard bas sous l'évier, la pose ostensiblement sur le comptoir.

Les yeux de Kaïna se noient déjà dans une brume langoureuse.

La femme quitte le comptoir. Balance son corps à chaque pas. Elle tient la bouteille serrée entre ses mains. Elle fixe Kaïna, scrute son regard.

– C'est votre père qui aimait bien le rhum ! Il m'en a descendu des verres, ici, sur le comptoir. J'étais jeune fille... Ça, il était violent quand il avait bu, votre père !

Elle essuie la bouteille avec le pan de son tablier avant de les servir.

– Vous faites erreur, répond Kaïna. Ce n'est pas grave. Mon père n'était pas de cette région. Il vivait au nord de la lande, puis il est parti s'installer en Espagne, au sud de l'Espagne ! Où il vit toujours. Nous irons le voir, Milan !

Kaïna a parlé sans lever les yeux vers la

femme. Celle-ci hoche la tête et repart en bougonnant.

— L'autre serveuse, la jeune, n'est pas là ?

— Je ne l'ai pas vue, aujourd'hui. Peut-être est-ce son jour de congé.

Revenue derrière son comptoir, la femme les observe.

— Nous devrions partir. Je vous emmène à la maison bleue. Elle est notre Chambre d'Amour à nous. Nous nous y noyons comme les amants de la légende dans la grotte du cap Saint-Martin. Vous connaissez cette grotte que l'on appelle, ici, la Chambre d'Amour ?

Milan attire la main de Kaïna sous la table et la guide. Il chuchote à son oreille. Elle glisse sa main sur son sexe, sent la raideur, sourit.

— Nous partirons quand vous voudrez. Et votre jambe ?

Kaïna hoche la tête, s'écarte de la table, soulève sa jupe, montre les cicatrices. Puis relève la tête, fixe Milan.

103

— Je ne pourrai plus jamais courir !

Ses lèvres se contractent pour refouler un sanglot. Elle pose sa tête contre l'épaule de Milan.

La maison bleue.

Kaïna se déshabille. Milan pense à la nacre de son sexe lubrifié par le désir. Elle retire la chemise sous laquelle elle est nue, le pantalon et la culotte, les socquettes. Elle examine le lit mais ne s'y jette pas. Une idée la retient. Elle passe dans l'autre pièce. Milan l'entend ouvrir un tiroir. Elle revient, un revolver à la main. Le braque sur Milan.

Il bondit sur elle, lui fait lâcher l'arme.

— C'était pour rire ! Je voulais vérifier qu'il était toujours là.

— A qui appartient-il ? Vous ne devriez pas jouer avec ça.

— Héritage de mon père ! Une maison qui tombe en ruine, cette arme et quelques photos.

Elle s'empare d'un livre posé avec d'autres sur le dessus d'une commode, l'ouvre et tend à Milan une enveloppe. Elle contient des clichés : tous représentent le même homme au nez busqué, barbe brune et yeux clairs.

Il bascule Kaïna sur le lit, la bouche collée à son pubis. Sa langue remonte le long du ventre à la chair laiteuse, plonge dans le creux du nombril, s'y arrête. Kaïna le tire par les bras, lui prend les lèvres, fouille sa bouche, cherche son sexe avec son ventre, donne des coups secs, de plus en plus réguliers, puissants, jusqu'à ce que le rythme s'accélère et que Milan se décide à la pénétrer. Il croise son regard, exigeant, avide. Infatigable, elle ne rompt pas le mouvement qui se déchaîne. Son corps est secoué de spasmes.

Ensuite, elle étend ses bras, écarte ses jambes, sourit, épuisée.

C'est ce sourire que Milan attend. Ce sourire qu'elle lui a offert la première fois où ils ont fait l'amour. Maintenant, il vit avec ce sourire. Dans l'attente de ce sourire. Le visage de Kaïna n'est jamais aussi doux qu'à ce moment-là.

Kaïna se rhabille. D'abord le pantalon et la chemise.

— Je la garde encore, la chemise, dit-elle.

Il l'attire contre lui, enfouit son visage dans l'échancrure du vêtement qu'elle n'a pas fini de boutonner.

— Les Françaises ne portent pas de soutien-gorge ? demande-t-il.

Elle hésite à répondre. Explique qu'elle n'a vécu qu'avec des hommes, un grand-père, un père et ses amis. Aucun, jamais, ne lui en a acheté.

Malgré ses explications, Milan devine qu'il y a de sa part un calcul. Elle cherche à aviver son désir, à le séduire, sans répit. Il faut qu'au moment d'ôter sa chemise, ses deux seins se libèrent sous ses yeux. Il a d'ailleurs observé qu'elle ne lui tourne jamais le dos, qu'elle se place face à lui, provocante, pour se déshabiller.

— Je suis la première femme, n'est-ce pas ? questionne-t-elle. Je veux être la première et la dernière. Vous posséder et posséder votre capacité d'amour. Et je me donnerai tout entière.

— A Prague, je n'ai pas vraiment eu le temps d'aimer. Il n'y avait de place que pour survivre et faire survivre ma tante, Zdena.

Elle ne dit rien. Il ne sait pas si elle a écouté.

Une fois prête, elle circule dans les différentes pièces, ouvre des battants d'armoires, des tiroirs de commodes, jurant parce qu'elle ne trouve pas ce qu'elle cherche. Elle revient dans la chambre, sourcils froncés.

— Que se passe-t-il ? Dites-moi ce que vous cherchez.

— Le double de la clé. Je voudrais que tu l'aies.

— Vous me le donnerez une autre fois et, de toute façon, nous pouvons aussi faire faire un autre double.

— Pas à B. Impensable ! Tout le monde le saurait. Chacun observe et commente ce que fait l'autre. On ne manquerait pas de vouloir savoir pourquoi j'ai eu besoin d'un double de la clé de la maison de mon père.

— Alors, nous irons ailleurs. Ou nous n'aurons pas de double, qu'importe !

— Si, je veux que tu aies la clé. Tu viendras le premier et je te rejoindrai. Ça me plairait de te retrouver dans mon lit.

— Nous ne passerons plus par le café du Port-Vieux ?

— Non ! Plus jamais !

Elle tire les volets, ferme les fenêtres et les portes de chaque pièce. Elle attend que

Milan soit sorti et tourne la clé dans la serrure puis la lui tend. Il hésite avant de la prendre, et, finalement, la range dans sa poche.

— La nuit est définitivement tombée ! Regardez comme elle est bleue. Un bleu d'encre, comme après la tempête.

Kaïna jette ses bras autour du cou de Milan et l'embrasse. Un baiser sensuel avec ses lèvres chaudes, gonflées, et son corps qu'elle tend contre le sien.

— Voulez-vous que je vous raccompagne ?

— Non, on pourrait nous voir ensemble.

— Vous craignez le professeur ?

— Non, la rumeur.

Elle se dirige vers un chemin de traverse, derrière la barrière de tamaris et s'éloigne.

— Kaïna, quand vous reverrai-je ? Vous ne m'avez rien dit.

Elle ne se retourne pas, fait un signe vague.

– Vous marchez trop vite ! Votre jambe !

– Avec toi, j'ai oublié ma jambe. Je t'aime.

Sa voix est emportée par le vent.

Depuis plusieurs semaines, Milan et Kaïna se rencontraient à la maison bleue. Désormais, Milan possédait la clé et venait chaque jour. Kaïna était plus fantasque mais elle ne restait jamais plus de vingt-quatre heures sans apparaître.

Dès qu'elle entrait dans la chambre, elle respectait un ordre rituel. Elle ouvrait les volets, entrebâillait la fenêtre. D'un mouvement de hanches, se tournait vers Milan, allongé sur les draps, dévêtu, les yeux fixés sur elle. Elle descendait la fermeture Eclair, faisait glisser son pantalon. La culotte et la chemise voltigeaient jusqu'à la chaise. Une fois nue, elle s'approchait du lit, marchant sur la pointe des pieds, seins tendus, le ventre rond. Elle avançait, les jambes légèrement écartées, juste pour laisser entrevoir, sous son pubis épilé, les lèvres roses et luisantes de son sexe.

Elle montait un genou sur le lit, attendait, les yeux écarquillés par le désir. Les secondes s'écoulaient. Puis, d'un bond, elle s'allongeait sur Milan et, sans la moindre attente, ni le moindre mot, abandonnait son corps à l'assaut du plaisir. C'était elle qui imprimait son rythme à leur étreinte et jouait de tous les élans de son imagination et de sa sensualité pour amener Milan à l'orgasme.

Après, elle lui donnait quelques baisers un peu secs puis souriait, généreusement.

Kaïna posait peu de questions à Milan sur sa vie, comme si elle n'était intéressée que par ce qu'elle vivait avec lui dans le refuge de la maison de son père. Milan n'avait pas non plus osé interroger Kaïna sur elle-même. Le rituel des plaisirs, auquel ils s'étaient habitués, occupait tout l'espace du temps qu'ils se consacraient. Si une rare pause se présentait, et qu'il fît une tentative pour la questionner sur sa vie en dehors du bonheur qu'ils partageaient à la maison bleue, elle le faisait taire en lui donnant de longs baisers sensuels dont elle avait le secret.

Un jour, elle lui avait répondu, avec mauvaise humeur :

– Je ne parlerai pas avec vous du professeur. Renoncez à ce genre de questions.

– Je veux savoir parce que je vous aime.
Qui êtes-vous, Kaïna ?

Un silence s'était installé entre eux. Enfin,
elle le rejoignit, se pendit à son cou et l'em-
brassa. Ses lèvres se promenèrent sur le visage
de Milan, sucèrent la veine le long du cou,
descendirent vers la poitrine où sa langue
s'empara du téton, continuèrent leur errance.
Les yeux clos, Milan écoutait le plaisir monter en lui.

Quand il se rappelait cet après-midi dans
la maison bleue, il se promettait, à nouveau,
de sonder son existence.

Dans ces moments-là, où elle avait le sentiment d'être traquée, elle se montrait plus
ardente, plus extravagante dans la préparation
des plaisirs, plus inventive dans ses abandons.
La peur de laisser échapper quelques bribes
de son mystère, de briser un certain silence

établi entre eux multipliait son désir. Elle lui prodiguait des moments de jouissance jamais égalés.

Ensuite, elle interrompait brusquement ses caresses. Il la regardait enfiler ses vêtements, avec toujours les mêmes gestes gracieux. Ses lèvres brûlaient de ne pouvoir réitérer la question : Mais qui êtes-vous Kaïna ? Elle n'était pas dupe et coulait vers lui un regard frondeur.

Un soir, avant de s'enfuir par le chemin de traverse, abandonnant l'odeur de son corps dans les bosquets de tamaris, elle hurla dans le vent :

– Je suis la fille de l'Océan !

La population aoûtienne, trop nombreuse, criarde, envahissante, exaspérait Kaïna. Elle s'obligeait à de nombreux détours avant d'atteindre la maison bleue pour ne pas avoir à passer par les plages noires de vacanciers. Au lendemain du 15 août, malgré l'étendue de la ville et des plages, il n'y avait plus une place ni aux terrasses, ni sur le sable de la côte, ni dans le moindre rocher.

— Je les hais ! hurla-t-elle dès qu'elle franchit l'entrée. Heureusement, avec les marées, le temps tourne. Ils ne savent pas ce qui les attend d'ici deux, trois jours : bourrasques, tempêtes de sable, raz de marée, peut-être...

Milan comprit qu'un événement s'était

produit. La foule bronzée des baigneurs n'était pas la seule cause de son brusque changement d'humeur.

Elle respecta l'ordre du rituel, mais avec des gestes nerveux, fébriles. Puis elle se jeta violemment contre lui et sa main accrocha la chaîne à laquelle était suspendue la croix de Zdena. La croix avait glissé, elle s'en empara, la lança sur la chaise par-dessus ses vêtements et, pour empêcher Milan de protester, lui couvrit la bouche de ses lèvres.

Ensuite, elle fut prise d'une véritable frénésie. Chaque fois que Milan la suppliait de lui laisser quelque répit, elle revenait à l'assaut, déployant toutes les ruses amoureuses dont son imagination débordait, pour raviver leur désir. Elle semblait vouloir empêcher la journée de finir.

Milan montra son inquiétude pour la croix, Kaïna fit mine de la chercher. Elle empoigna le drap pour vêtir son corps et quitta la pièce.

Quelques instants plus tard, elle revint habillée d'une robe qu'il ne lui connaissait pas, trop ajustée, trop courte, une robe de fillette : elle brandissait l'arme qu'un jour elle lui avait montrée.

Elle se dirigea vers la fenêtre et braqua le canon du revolver en direction de la vitre.

— Si je pouvais, je tirerais sur la voiture. Mais je ne sais pas tirer, je suis maladroite.

— De quelle voiture parlez-vous ?

— De celle du professeur. Le chauffeur m'attend. Le professeur ne veut plus que je rentre tard comme l'autre soir.

— Puisque cette vie ne vous plaît pas, pourquoi ne pas quitter le professeur ?

— Jamais !

— Pourquoi ?

— Je l'aime.

— Moi aussi, vous avez dit m'aimer ! Pouvez-vous aimer deux hommes en même temps ?

— Il faut croire que oui.

— Je ne sais rien de vous. Je voudrais tout

119

connaître, votre famille, votre enfance, le professeur... Je ne sais même pas si vous croyez en Dieu...

— Dans mon enfance, on m'a appris que Dieu et le Diable ne faisaient qu'une seule et même personne. Sur un mur de l'une des pièces de cette maison, était inscrite une phrase que je ne parviens pas à oublier : « Le Diable est bien optimiste s'il pense pouvoir rendre les humains pires que Dieu les a créés. »

— Je vous apprendrai d'autres phrases qui vous feront oublier celle-ci. Le monde est composé d'un mélange d'atrocités et de choses belles, douces, tendres. Comme notre rencontre. Nous les devons à Dieu.

— Forcez les portes du ciel, vous ne trouverez personne !

— N'attends pas que Dieu t'aime, commence par l'aimer, voilà ce que j'ai appris, moi. Un jour, vous me livrerez la vérité sur vous ?

— Pourquoi la vérité alors que l'on a intérêt à mentir !

— Kaïna, ce que vous dites est dirigé contre vous-même !

— Ce n'est pas de moi, c'est un aphorisme, il est gravé sur l'un des murs des toilettes. Comment ? Vous ne l'avez pas encore vu ?

Elle rit. Elle est somptueuse quand elle rit.

— Faites-moi l'amour, encore une fois.

La nuit est tombée quand ils s'étendent l'un à côté de l'autre, saturés de plaisir. Alors, sa langue se délie.

– Je suis la fille de Gil, Gil Montaillac. Mon père était un homme de colères et de révoltes. Un homme à barbe et à cheveux longs, sans façons, mais avec des manières. Un visionnaire. Un équilibriste des mots. Il noircissait des montagnes de feuilles, poèmes, textes politiques, pamphlets. Les mots n'ont jamais fait vivre personne.

« Ici, on l'appelait l'"estravagant" ou l'"anarchiste". Opposé à toutes les lois, les règles, les contraintes. J'ai peu fréquenté l'école et le collège. J'ai appris à lire dans les textes qu'il

rédigeait, mais aussi dans ses livres de chevet :
Kropotkine, Bakounine, Proudhon, Darien,
Lautréamont, Mallarmé...

« Mon jeu favori ? Lancer les dés sur les
plans de banques, de châteaux, de villas où il
imaginait d'organiser des casses. J'inventais
les trésors qu'il négocierait ensuite avec les
hommes du milieu. Pour la bonne cause bien
sûr, "pour la lutte", comme il disait. Pauvre
de lui ! Seul membre d'une société secrète qui
n'avait existé que dans sa tête. Il vivait et me
faisait vivre dans un monde de chimères. Au
milieu des mots et des rires. Un jour, plus de
mots, plus de rires. La maladie et la mort.

Elle se blottit contre Milan.

– A l'époque du collège, j'étais obsédée par
mes cheveux. Ceux des filles étaient raides et
jaunes, les miens, trop épais, d'une couleur
terne. Gil m'avait conseillé de les teindre en
rouge mercurochrome. Pure folie ! Mais
c'était gai. Nous avions beaucoup ri. C'était
mon père !

– Vous ne parlez que de votre père ?

– De qui voulez-vous que je parle ? Du professeur ? Jamais.

– Votre mère...

– Longtemps, j'ai soupçonné mon père d'avoir inventé un personnage de mère qui portait le même prénom que moi, à laquelle je ressemblais, disait-il. Je voulais être sortie du ventre de l'Océan.

– Cette mère dont vous parlait votre père, vous ne l'avez pas connue ?

– Une fille des sables et du vent. Je suis coupable de son désamour... Vous posez décidément trop de questions.

— Vous m'aimerez encore, après ce que je vous ai raconté ?

Elle s'enfuit du lit, se dirige vers le couloir. Il l'entend prendre une douche. Elle revient, les cheveux dissimulés dans une serviette blanche, une mèche goutte sur son épaule. Elle est nue, le revolver à la main. A nouveau, elle vise la vitre. Et, cette fois, tire.

— Kaïna !

— C'était pour voir si l'arme était chargée. Elle l'est !

— Que va penser le chauffeur ?

Le regard de Kaïna, contre le verre brisé, scrute l'espace de la nuit.

— Nous allons tout de suite le savoir, parce qu'il arrive.

Milan enfile pantalon et pull, bondit vers l'entrée.

L'homme se tient dans l'encadrement de la porte. Il a le visage rouge, de froid ou d'alcool, et une mine furibonde. Il se hausse sur la pointe des pieds, regarde par-dessus l'épaule de Milan qui lui barre le chemin.

Kaïna sort de la chambre.

— Vous pouvez retourner à la villa, dit-elle sèchement au chauffeur. Je reviendrai par mes propres moyens.

— Le professeur a insisté pour que je vous attende, réplique-t-il.

— Non, ce n'est pas la peine. Rentrez !

L'homme rebrousse chemin. Kaïna est prise de frissons.

— Vous tremblez ?

Milan l'étreint, la caresse. Un bruit rompt le silence de la nuit. Kaïna est aux aguets, près de la fenêtre. Les phares de la voiture balaient la route.

— Restons encore un peu ensemble, je ne parviens pas à te quitter.

Le jour avait chassé le crépuscule. Une brume ouateuse vacillait entre les vagues rageuses. Milan et Kaïna s'étaient endormis. Enlacés, les vêtements en désordre, collés à leur peau. Leurs visages épuisés, caressés par les mèches dorées et égarées de Kaïna.

Le râle rauque du vent envahit le silence. Il fuit au-dessus de l'Océan en proie aux plus grandes fougues, balayant le sable et l'écume, torturant les tamaris et les couchant au sol, s'engouffrant dans les pins jusqu'à leur arracher des branches, dont l'une d'entre elles tournoya à plusieurs reprises dans les rafales avant de s'abattre sur le toit de la maison bleue. Les murs ébranlés, les vitres brisées présagèrent le pire.

Surpris, les amants ouvrirent ensemble des yeux hallucinés. Leur première réaction fut de se pelotonner l'un contre l'autre et de se laisser engloutir dans le refuge du sommeil d'où ils n'auraient jamais dû émerger.

Puis, une bourrasque plus forte envoya de l'air glacé dans la pièce. Milan se leva et regarda Kaïna. Il eut le sentiment d'être définitivement lié à elle par une sorte d'alchimie de l'ordre du sacré. L'enfance pragoise, Zdena, la dictature, la pendaison et la torture, tout disparaissait, tout fondait dans un brouillard opaque dont les vapeurs flottaient, si denses qu'elles érigeaient une frontière entre le personnage qu'il avait été et celui qu'il était aujourd'hui. Kaïna était devenue sa vie.

A son tour, elle s'était résolue à quitter le lit et s'habillait. La clarté lunaire effleurait ses seins dans l'échancrure de la chemise. A chaque respiration, les palpitations de ses lèvres,

les frémissements de son regard, les soulève-
ments de son buste et la cambrure de ses reins
irradiaient une volupté jusque-là jamais
manifestées avec une telle intensité.

Dehors, le dernier vent d'été cinglait les
pins qui s'arc-boutaient à chaque souffle.

Milan demeurait dans une contemplation muette. Il aimait tout de Kaïna. Ses traits, ses ridules naissantes, ses grains de beauté alignés le long de la tempe, les veinules bleuies sur les pommettes, la rondeur du visage, son buste mince et ses hanches épanouies. Son pubis épilé. Ses jambes trop longues. Il pensa qu'il ne pourrait pas supporter ne plus la revoir, l'embrasser, lui faire l'amour.

Il la souleva et la prit dans ses bras. Elle replia son corps contre le sien.

– Emmenez-moi à la fenêtre. J'entends les mouettes, je veux les voir s'envoler. Comme dans mon enfance. Je restais des heures le nez contre la vitre.

— Ici, dans la maison bleue ?

Elle ne répondit pas et ferma les yeux comme si elle cherchait à se souvenir.

Dans le rideau d'une pluie serrée, les mouettes volaient au ras des vagues. On distinguait leur œil rond et leur tête blanche avec leur bec démesuré.

Kaïna ouvrit les yeux.

— Voyez comme elles ont peur. Aucune n'ose approcher l'eau. Vous savez comment elles font : elles piquent dans les flots, comme une pierre qu'on a lancée et, aussitôt, remontent. Leurs cris stridents nous avertissent de la force de la tempête. J'attendrai que le calme revienne et je partirai au secours de toutes celles qui auront été blessées. Je sais consolider les pattes cassées. Savez-vous à quel point les mouettes sont imposantes ? Longtemps, j'ai été impressionnée par l'envergure de leurs ailes déployées. Vous m'accompagnerez sur la plage ? Nous ferons l'amour sur le sable. Et nous rêverons avant de nous endormir. Ici, les effluves, les clapotis, les hallucinations alimentent la rêverie. On croit entendre une voix familière, reconnaître une odeur ordinaire, distinguer une lumière... Ce sont le vent, les éléments, les astres, la lune qui se lève...

III

La leçon

Le petit matin vaporeux et un mince croissant de lune suspendu à un pan de ciel avaient empli Philippe Delbas d'énergie.

Dès la pointe du jour, un rai de soleil, ou peut-être encore un rai de lune, qui fusait des persiennes, l'avait éveillé. Les effluves marins dans lesquels il baignerait au cours de la journée, à la barre de son cotre, lui effleurèrent la mémoire. Le temps s'étirerait entre ciel et mer.

Il avait toujours affectionné ces promenades en osmose avec la mer, à l'assaut des vagues écumantes et des souffles de vent, portant le bateau vers le large et lui faisant dévorer les distances. Mais c'était avant.

Aujourd'hui, une pensée le retient. Une obsession. Kaïna, seule à la villa. Elle enfile ses baskets comme si elle partait en promenade. En vérité, il le sait maintenant, elle s'apprête à fuir avec son amant. Il la perd au moment où il prend conscience qu'il l'aime d'un amour fou.

Cette nuit encore, comme la précédente, le sommeil n'a pas apaisé ses peurs. La veille, pour la première fois, tandis qu'il intervenait sur un patient, une angoisse profonde l'avait saisi. Elle était montée en lui, avait oppressé son cœur et ralenti sa respiration. Durant quelques secondes, il avait été paralysé et avait dû interrompre ses gestes. Son assistant avait pris le relais. En sortant du bloc, il s'était empressé d'appeler la villa : Kaïna dormait.

Il se tourne vers elle, elle est ramassée en chien de fusil sur le côté droit du lit. Gracieuse. Il écoute son souffle irrégulier. Lui vole son teint rose de sommeil, les grains de beauté sur la nuque, les perles de sueur sur le visage, les mèches de cheveux collés sur la lèvre, le creux laiteux du ventre et le pubis humide. Même endormie, elle paraît avoir le sexe à fleur de peau.

L'impudeur de Kaïna ne le gêne plus comme auparavant. Il l'observe sans éprouver ce dégoût instinctif, physique, insurmontable qui date de leurs premiers ébats.

La Kaïna éprise de plaisir avait comme effacé la jeune fille, innocente et vierge, qu'il avait rencontrée dans le train, lors d'un retour de Berlin où il avait assisté à un congrès. Dès le premier instant, il avait éprouvé pour elle une irrésistible attirance. Après l'avoir installée à la villa et épousée, l'enthousiasme avait été bref.

Kaïna s'était métamorphosée. L'enfant égarée et absente s'était muée en un animal incontrôlable. Teint enfiévré, lèvres gourmandes, seins aux pointes turgescentes comme de jeunes bourgeons qui s'arrondissaient, enflaient au même rythme que son ventre. Un rythme qu'elle ne maîtrisait plus. Son appétit pour l'amour et son désir impétueux l'affranchissaient de toute timidité. Sa manière, bien à elle, qu'il avait jugée vulgaire, d'exprimer à haute voix son plaisir l'avait indigné.

Elle lui avait fait l'amour avec une fièvre et une imagination qui l'avaient tout de suite alerté et inquiété. Trop de distances morales les séparaient.

Il avait gardé en mémoire le souvenir d'une rencontre hasardeuse avec une prostituée qui ne lui avait pas prodigué de plaisirs aussi intenses. Kaïna avait-elle, dans une autre vie, avant leur rencontre, joué les filles de « mauvaise vie », selon l'expression de Mme Delbas, sa mère ? Cette mère qui avait su lui inculquer la haine et le mépris, mais certainement pas l'amour. Cette continuatrice soumise de la lignée des Delbas, faite d'épouses résignées et d'hommes voués à la médecine et à la mer. Jusqu'à l'apparition de Kaïna dans sa vie, il avait été fier d'être l'un d'eux, rasséréné par la douce pérennité des traditions qui impose la puissance. Aujourd'hui, il s'aperçoit que tous vivaient une existence où régnaient les non-dit, l'hypocrisie et les frayeurs envers le sexe. Sexe réservé à la reproduction pour les femmes et au plaisir pour les hommes. Il se sent coupable d'avoir été aveugle au point de chercher à convertir Kaïna à ces règles archaïques. A quarante ans, si peu de maturité !

Les premiers mois de leur mariage, pour tenter de réfréner les ardeurs et les exigences de Kaïna, combattre aussi son incessante rébellion contre les mœurs bourgeoises de la ville et les habitudes déjà ancrées dans la villa, il avait eu l'idée de la faire entrer dans le cercle des femmes de notables de B. où il imaginait qu'elle subirait une influence positive, apprendrait à se plier aux convenances et, finalement, correspondrait, avec le temps, au profil de ce que devait être l'épouse du professeur Delbas.

Après quelques semaines de fidèle présence dans les salons autour d'une tasse de thé, après bien des efforts pour séduire ces dames, Kaïna avait décliné toute sollicitation.

Le regard de Philippe n'en finit pas de s'attarder sur le corps de la jeune femme. Il voudrait connaître les détails de sa rencontre avec Milan Kalandra. Dans le couloir de la clinique, le jour de l'accident, il n'avait pas su deviner en lui un amant pour Kaïna.

Elle dort, paisible. Il a honte.

Elle porte, sur son visage, l'innocence des enfants.

Les souvenirs se bousculent, absorbent la totalité de ses pensées.

Un soir, au retour de la clinique, il l'avait trouvée dans l'entrée de la villa, assise sur la dernière marche de l'escalier, peu vêtue, les cheveux en bataille, le visage empourpré par la colère. Elle s'était jetée sur lui sans lui laisser le temps d'enlever sa veste, ni de poser sa serviette. Elle lui avait commandé de s'asseoir dans un fauteuil et de l'écouter. Elle avait repris sa place sur la marche de l'escalier et, sans autre explication, avait rêvé devant lui aux scènes d'amour qu'ils n'avaient jamais connues, parce qu'il les lui avait toujours refusées.

Les paroles de Kaïna claquent encore à ses oreilles. Il entend sa voix qui tremble d'une rage mal contenue. La scène ne se dissiperait jamais de sa mémoire.

Souvent, l'aube inspirait leur désir. Dans un semi-éveil, leurs corps chauds de la nuit s'enlaçaient pour s'offrir. Chacun tenait son rôle à la perfection. Aucun désir, aucun geste, aucune parole, aucun baiser n'était négligé dans l'ordre du scénario préétabli et respecté qui s'était mis en place dès les premiers temps où ils s'étaient aimés. Sans précipitation et selon le rythme de la montée de leur plaisir, ils parvenaient ensemble à l'orgasme. Bien qu'elle ait joui plusieurs fois, la femme ne semblait pas rassasiée. Son partenaire, sans cesse, la relançait, jusqu'à l'extrême épuisement. Une suite de joutes fiévreuses où leurs corps et leurs bouches indissociables n'en finissaient pas de se confondre ou de se rejoindre.

La Chambre d'amour

Lorsque Kaïna s'était tue, Philippe, bouleversé par la détresse qui avait conduit sa jeune femme à prendre cette initiative, et en même temps humilié, heurté dans son amour-propre et sa vanité, avait voulu parler à son tour. Elle ne lui en avait pas laissé le temps et avait poursuivi.

Eprouvés par la violence et la puissance de leurs ébats, les amants s'assoupissaient. La femme sombrait dans la douceur du sommeil profond. L'homme devait y renoncer. Il se levait et s'apprêtait pour vivre sa journée de travail. Avant de partir, il revenait à la chambre, entrouvrait la porte et envoyait un baiser silencieux. Aussitôt, l'amante se propulsait hors du lit, lui sautait au cou, accrochait ses deux jambes écartées autour de son corps et insistait pour qu'une dernière fois, dans la précipitation de son départ, vêtu de son costume de ville dont elle entrouvrait juste le pantalon, il lui fasse l'amour.

La tirade achevée, Kaïna s'était repliée sur elle-même et n'avait plus bougé. Paralysé, les membres et le cerveau engourdis, Philippe l'avait imitée.

Il n'a pas quitté la chaleur des draps, ni l'odeur de Kaïna. Seule désormais l'habite une profonde tristesse. Il regrette, à son âge, d'avoir vécu comme ses aïeuls, obsédé par ses patients, vingt-quatre heures sur vingt-quatre, à tenter de les sauver de la mort. De temps en temps, une aventure éphémère avec, de préférence, une infirmière stagiaire qui ne ferait qu'un bref passage dans la clinique et dans son existence. Enfin, le week-end, le refuge sur son cotre. Il n'a fait qu'imiter son père et son grand-père, sauf qu'eux avaient su en temps utile honorer leurs épouses pour qu'elles perpétuent la lignée.

Il effleure les lèvres de Kaïna. Dans un demi-sommeil, elle lui sourit. Se retourne. Dissimule son visage dans les oreillers.

Il est inquiet, un sentiment nouveau l'affecte : la jalousie. Il veut ce corps pour lui, rien que pour lui. Il lui appartient. Pas question de le partager.

Il doit parler à Kaïna. Ou plutôt, il s'expliquera avec Kalandra. Il se souvient de l'homme avec précision, de leur périple jusqu'à la salle d'observation, des mots qu'ils avaient échangés.

Ce jour-là, il avait acheté un livre pour l'offrir à Kaïna. Le patronyme de Kalandra lui avait rappelé celui de l'auteur : Kundera. Sous quelle pile de dossiers a-t-il oublié le livre ? Enfoui dans le cabinet de la clinique ou rangé dans le bureau de ses assistantes ? Maintenant, il veut le lire. Peut-être, découvrira-t-il les clés de l'âme tchèque. Les mystères de la séduction qu'exerce Kalandra sur celle qui est sa femme.

Le titre lui revient en mémoire : *La Valse aux adieux.*

La lumière est plus vive à travers les trèfles découpés des volets. Dans la chambre qu'il partage avec Kaïna, et qui fut celle de ses parents, rien n'a changé, rien n'a bougé, pas un meuble, pas un cadre, pas une tenture. Il avait donné ordre à Kaïna de ne pas bouleverser le décor. Elle avait respecté sa volonté.

Ce matin, l'odeur de passé qui suinte de partout lui donne la nausée. Auparavant, la certitude de l'immuable le rassurait. A son réveil, il aimait promener un regard complice dans la pièce. La table de toilette en merisier au miroir ciselé d'écaille, devant laquelle, petit garçon, quand il passait l'été à la villa, il surprenait sa grand-mère tapotant ses joues de poudre de riz au retour de la plage. Le tapis de Perse aux motifs bleutés, souvenir de voyage rapporté par son grand-père, professeur de médecine à la faculté de Bordeaux, et sur lequel, chaque matin, il posait un pied ferme pour commencer la journée. Le temps n'avait pas fané les couleurs.

Il se lève d'un mouvement vif. Repousse le tapis à l'extrémité de la pièce. Ecoute sourdre la colère en lui. La famille est le lieu du mensonge. Il comprend aujourd'hui que Kaïna l'a tiré de la torpeur dans laquelle il s'était toujours complu. Il lui en sait gré. Elle lui a donné une véritable preuve d'amour. Il ne veut pas que ce soit la dernière. Il ne perdra pas Kaïna.

A nouveau, il se penche vers elle, respire la chaleur de son corps.

– Kaïna ! Kaïna !

Ses lèvres se posent sur les yeux de la jeune femme.

– Kaïna !

Lentement, les paupières se soulèvent. Elle

lui offre son premier regard, encore embrumé de la nuit. Il prend dans ses bras son corps nu.

— Kaïna, je t'aime !

Excepté à leur premier rendez-vous, il ne lui avait plus jamais dit son amour. Parce qu'il n'y avait pas d'amour à dire. Il enrage des années perdues. Kaïna, elle, creuse son nid entre ses bras. Comme la première fois. Comme si le temps s'était arrêté ce jour-là.

— Quel jour sommes-nous ? questionne-t-elle.

— Dimanche !

— Tu ne vas pas en mer ? Que se passe-t-il ?

— Je ne peux pas partir en te laissant seule.

— Mais d'ordinaire... Tu aimes tant...

— C'est toi que j'aime. Il faut que je te parle.

Surprise, Kaïna se redresse et se force à émerger de sa somnolence.

— Alors, apporte-moi un café, dit-elle.

Il s'éloigne. Elle l'entend se précipiter à la cuisine. Il revient, son pas est hésitant, il est peu habitué à ce genre de tâches, dans les mains, il tient un plateau sur lequel sont rangés une tasse et un pot rempli d'un vrai café, bien fort, comme elle le prend d'ordinaire, quand elle est seule.

A quarante ans, Philippe n'a jamais pleuré, comme ses parents le lui ont enseigné, ce matin, il ne retient pas ses larmes.

Kaïna dépose un baiser sur la trace humide.

– Tu m'emmènes sur le bateau ? demande-t-elle. J'ai envie d'océan. D'embruns, de houle, de vent. De toi ! De toi sur le bateau !

La tempête se leva sur le Sud-Ouest et fit rage au-dessus de l'Océan. On aurait pu croire qu'un raz de marée se préparait. Sous un ciel tanné, des vagues gigantesques déferlaient sur le rocher « de la Vierge » et recouvraient l'ensemble des plages de la côte. Leur hauteur et leur force battaient toutes les prévisions, tous les records. Un vent diabolique, monté de la colère de la mer, sifflait et entraînait sur la ville des paquets de pluie gelée tandis que la foudre grondait au loin. Les quelques pêcheurs imprudents qui, malgré les avertissements de la météo marine, avaient sorti leurs barques, s'efforçaient de rentrer vers le port. De la côte, on les voyait sauter sur la houle, disparaître dans le creux des vagues et, soulevées par les flots, reprendre leur course hésitante.

Sans se consulter, Kaïna et Milan s'étaient précipités à l'extrémité de la plage, en direction de la maison bleue.

Milan aperçut la silhouette de Kaïna. Elle tentait de courir, mais la force des tourbillons la faisait tituber. Derrière elle, une marée grise s'élevait en volutes floconneuses. On l'aurait dite prise dans des sables mouvants. Redoutant les rafales du bord de mer, Milan se précipita à sa rencontre. Ils demeurèrent un instant dans les bras l'un de l'autre, sous les giclées d'écume, avant que Kaïna tente de pénétrer dans la maison. Le déferlement des vagues les repoussa vers la ligne des tamaris, derrière lesquels les pins centenaires pliaient jusqu'au sol.

– Comment faire ? Je dois récupérer un tas de choses.

Elle se tourna vers Milan.

– Et t'aimer !

— Je venais vous annoncer une nouvelle : ma tante Zdena est morte. Je dois retourner à Prague.

Milan avait crié pour que sa voix domine les hurlements du vent sauvage qui soulevait le ciel et la mer. Un éclair brilla dans les yeux de Kaïna. Milan ne sut pas l'interpréter.

— Je suis venu vous dire que je retournais à Prague, répéta-t-il.

Kaïna ne le regardait pas. Elle pointait son doigt vers un tas de feuilles qui voltigeaient à travers la vitre brisée de la maison. Emportées dans les airs, elles s'élevaient en direction du ciel et se perdaient dans le moutonnement des nuages bas avant de retomber sur les tamaris et, à nouveau, d'être soulevées par un souffle plus violent.

Kaïna et Milan observaient leur danse folle, cloués au sol par les bourrasques.

— Le journal de mon père. La dernière fois que nous sommes venus, je l'avais sorti d'un tiroir et laissé sur la commode. Le voilà dispersé... Quelle violence ! Votre Dieu serait-il en colère ?

Comme Milan, Kaïna devait forcer sa voix.

— Dieu me condamne à aimer une femme qui appartient à un autre, dit Milan. Je retourne à Prague. L'avez-vous entendu ?

— Je voudrais m'arracher les oreilles pour qu'elles n'entendent pas.

Ils empruntèrent le chemin de traverse, abrités des assauts de la tempête par la forêt de pins. Leurs visages étaient fermés. Ils donnaient l'impression d'entendre encore gronder la houle, non pas au-dehors, mais à l'intérieur même de leurs têtes. Ils ne prononcèrent plus un mot.

Depuis le départ de Milan, un autre amour se vivait entre les murs de la villa.

C'était sa force à elle, Kaïna : aimer deux hommes. On aime bien deux enfants.

Son corps, perlé de la chaleur de la nuit, se blottissait contre celui de Philippe. Elle promenait ses ongles taillés en amande le long de sa colonne vertébrale. Promenade nonchalante et gracieuse qui n'avait pas de fin et concourait à sortir Philippe des ténèbres du sommeil dans lesquelles il s'était laissé engloutir.

Après, Kaïna s'endormait. Philippe ne pouvait s'empêcher de la regarder quand elle était ainsi coulée dans la nuit, il aimait poser

son index sur la pointe du sein échappé de
la robe de nuit. Il était toujours surpris par
la résistance ressentie, tant ce téton désirable,
couleur carmin comme s'il avait été mordu,
se révélait, sous son doigt, d'une fermeté
rebelle. Preuve du désir que, dans son sommeil, Kaïna éprouvait. Il observait son buste
tendu, ses reins cambrés, ses jambes ouvertes.
Prête à s'offrir. Même endormi, son corps
s'offrait.

Une nuit, aveuglé soudain par un sentiment de jalousie, il avait craint que Kaïna ne
rêvât à Kalandra et que ce ne fût lui qu'elle
ait attendu. Il s'était alors jeté sur elle et
l'avait aimée durant plusieurs heures, avec
une fougue qui lui avait révélé l'amant et
l'amoureux qu'il pouvait être.

Depuis, quand il rentrait de la clinique,
souvent épuisé par sa journée, Kaïna ayant
dîné seule, il se couchait sans manger, pressé
de s'allonger dans les draps qu'elle avait déjà
froissés, toujours imprégnés de son parfum.
Si elle portait une robe de nuit, elle la faisait

glisser. Ensuite, elle se tassait contre le corps de Philippe, aussitôt emporté dans les profondeurs du sommeil.

Au matin, le désir secouait leurs corps et, comme dans les rêves de Kaïna, dans un demi-éveil, avec juste la lumière de l'aube, ils s'aimaient.

A l'extrémité de la table, dressée dans le parc illuminé pour fêter l'arrivée de l'été, par une température quasi caniculaire que l'on ne peut connaître que dans la région, Philippe sourit à Kaïna. Les rosiers, de la couleur épicée du piment d'Espelette, exhalent leurs premiers parfums.

Autour d'eux, une quinzaine de convives. Des notables de la ville, des chirurgiens de la clinique, accompagnés de leurs épouses. L'or des bijoux étincelle sous les lumières. Les regards luisent autant que les coiffures impeccables et la soie des robes. La conversation s'anime dans un chassé-croisé de paroles souvent inaudibles dont quelques lambeaux permettent de relancer un sujet. Les hommes font assaut d'intelligence, les femmes préfèrent miser sur la subtilité de leurs analyses. Certains s'enlisent dans un cercle de lieux communs sur les affaires de la ville. Les absents en font les frais. Kaïna demeure silencieuse mais capte l'attention de Philippe. Il ranime une idée abandonnée, plus professionnelle, dont il est le seul à pouvoir trancher. Les invités l'écoutent avec intérêt, apprécient son esprit, découvrent le nouveau personnage qu'il veut leur montrer. Son bonheur est visible et contagieux.

Un maître d'hôtel apparaît sur les marches de la villa. Il porte un plat fumant de farcis vers lequel convergent les regards. Il le présente aux invités et passe près de chacun. Une femme s'extasie sur les couleurs vives des légumes. Son mari, lui, sur le fumet aromatique qui tenterait un saint en période de jeûne.

Philippe est accaparé par sa voisine. Elle ne parle pas, elle chuchote. Il se penche pour entendre les questions qu'elle lui pose sans les lui faire répéter. Il répond à sa curiosité qui lui permet d'exprimer une fois de plus ce bonheur dont rien ne le détourne plus.

— Je ne reconnais plus rien à la villa... Mais enfin, qu'avez-vous changé ? questionne-t-elle.

— Tout !

Un ami a entendu. Il s'exclame :

— Quelle bonne idée !

— Où sont passés les meubles dont votre mère était si fière et qu'elle avait hérités de sa grand-mère ?...

— Ils survivent, remisés dans les anciennes écuries. A la place : du contemporain, rien que du contemporain.

— Kaïna, n'est-ce pas ?

— Kaïna !

A son tour, il plonge la cuillère dans le plat que lui présente le maître d'hôtel. Les autres convives ont attendu avec impatience qu'il se serve pour entamer leur assiette.

— La seule chose qui n'ait pas changé, c'est

ce plat de farcis ! Provençale d'origine, ma mère ouvrait chaque repas de fête par des farcis.

Le tourbillon de la conversation reprend. Kaïna peut s'évader. Elle ignore le farci traditionnel. Elle hait les traditions parce qu'elle n'en a aucune. Elle ne vient pas, comme ces gens-là, « des villas ». Elle ne leur ressemblera jamais.

Philippe avait décidé d'exhiber son bonheur. Désormais, il emmenait Kaïna dans
toutes les réceptions, l'entraînait dans les
meilleurs restaurants de la côte. Une vie
sociale s'organisait autour de leur couple qui
donnait l'impression de s'être tout juste
formé.

Au début, Kaïna se laissa éblouir et étour-
dir. Elle s'amusa de cette nouvelle existence.
A l'occasion, elle découvrit chez Philippe des
facettes insoupçonnées qui faisaient de lui un
homme différent de celui qu'elle avait côtoyé
depuis leur première rencontre.

Un soir, de passage à la clinique, elle avait
découvert, dans son bureau, plusieurs livres

empilés qui avaient éveillé sa curiosité parce qu'ils semblaient ne pas avoir trait à la mer. Ils étaient signés du même auteur : Milan Kundera. Elle avait pensé à Milan dont l'écrivain devait être un compatriote.

Elle s'était emparée du premier de la pile, dont le titre était : *La Valse aux adieux.* Philippe avait annoté plusieurs passages. Elle hésita avant de le prendre et le dissimula dans son sac.

Absent depuis un mois, Milan était revenu subrepticement habiter ses pensées. Etait-elle toujours celle qu'il avait aimée ?

Elle se lève.

– Un mot à dire à la cuisine, explique-t-elle pour s'excuser.

S'éloigne vers le paysage noir des chênes. Revient vers l'entrée de la villa. Saute les marches. Rejoint sa chambre. Pique une épingle dans ses cheveux relevés en chignon. Respire. Elle ouvre la fenêtre pour faire entrer le parfum lourd des roses cultivées à son intention. Son regard cherche à se perdre dans l'immensité de la nuit étoilée. Il est retenu par une silhouette qui avance dans les bosquets d'aubépine.

Elle se souvient. Une silhouette d'homme. Elancée, sombre.

Elle ne sait pas si ce sont les parfums confondus des fleurs du parc qui lui tournent la tête, ou bien si c'est le bonheur qu'elle éprouve, soudain, surprise dans une sorte de mélancolie, à la vue de ce revenant dont elle retrouve le regard, et le désir dans le regard.

Elle lui offre son sourire. Celui qu'il aime. Un coup de vent balance les pins et fait sauter l'épingle qui retenait les cheveux et libérait la nuque. La cloche de la chapelle tinte.

Minuit, en été.

– Kaïna !

Philippe ! Sa voix est déjà un peu grasse à cause des vins.

Kaïna redescend. Reprend sa place à table. Le second mets tourne au bras du maître d'hôtel. Les invités dégustent. Kaïna les observe sans toucher à son assiette. L'émotion lui a coupé l'appétit.

Rassasiés de la félicité de leur hôte, les convives le remercient. Les phares des voitures tracent des fusées dans l'espace. Les employés s'activent pour desservir et ranger. Phi-

lippe prend le bras de Kaïna, l'entraîne dans
le parc, étreint son corps lascif.

— C'était une soirée magnifique. Je suis très
heureux.

Kaïna resserre l'étreinte.

— Veux-tu me faire plaisir ? demande-
t-elle.

— Tout ce que tu voudras !

— Te souviens-tu de cet homme, un Tchèque, que tu avais renvoyé de la clinique ?
Renvoyé injustement.

— Eh bien ! Oui ! je me souviens. Il s'agit
de... Milan Kalandra, n'est-ce pas ?

— A la suite d'un décès dans sa famille, il
est rentré dans son pays. Aujourd'hui, j'ai
appris qu'il était de retour. Je voudrais que
tu le réengages.

Un éclair traverse le ciel et, zigzaguant,
bouleverse l'ordre des étoiles. Un premier
souffle de vent emporte les cheveux de Kaïna.
La nappe, que le maître d'hôtel secoue pour
faire tomber les miettes du dîner, s'envole.

La Chambre d'amour

Philippe prend Kaïna par les épaules et l'invite à rentrer.

– J'ai été comme aveuglé. La foudre, sans doute. La nuit sera agitée.

IV

Le destin

La ville avait pris sa couleur rougeoyante de l'automne. Sur l'Océan assombri de lames, on distinguait en alternance les creux et les reliefs épousant les reflets du ciel. Les vagues fouettaient les rochers et diffusaient leurs embruns jusqu'aux boulevards.

Avant de se rendre à la clinique où il occupait depuis deux mois un poste aux services administratifs, Milan retrouva sa cache sous le casino. Il prépara ce qu'il avait l'intention de dire au professeur Delbas.

Le soir, la journée de travail achevée, il guetta le départ de l'assistante pour frapper à la porte du bureau.

Quand il entra, il comprit que Philippe

Delbas l'attendait. Dans le cabinet, éclairé par la dernière lueur du jour, sur une étagère qui faisait le tour de la pièce, voisinaient des maquettes de voiliers et des livres de navigation. Au centre du bureau, derrière lequel s'assit Delbas, un ouvrage consacré à l'Atlantique était resté ouvert.

La conversation roula d'emblée sur leur amour commun de l'Océan. Milan raconta ce qu'il appela « son Amérique à lui », ce rêve formulé au cours des soirées grises de Prague que Zdena animait par ses récits, où l'Océan tenait le rôle du héros. Un rêve qu'il avait fini par changer en réalité.

— Un jour, ça me ferait plaisir de vous emmener avec moi, dit Delbas. Je possède un bateau que m'a légué mon père.

Il parla longuement et avec passion de ses sorties au large. Milan le remercia. Il expliqua qu'étant donné la situation géographique de son pays, il n'était jamais allé en mer.

— Allez ! C'est décidé ! dit Delbas. Le week-end prochain, vous venez avec moi.

Il se leva, se dirigea vers la fenêtre dont il poussa le voilage.

— Si j'en juge à la couleur que prend l'Océan, nous devrions avoir un temps favorable. Octobre, novembre, ce sont les dernières belles journées. Nous en profiterons.

Il se retourna vers Milan et s'assit, face à lui, sur le rebord du bureau.

— Tenez ! Nous emmènerons Kaïna.

Milan ne put contenir la fièvre subite qui colora ses joues, il ne sut plus où porter son regard pour éviter celui du professeur.

— Kaïna, justement ? Vous parlez beaucoup de l'Océan, mais Kaïna ? Quelles sont vos intentions à son égard ?

La remarque troubla Milan. Il quitta son siège et fit quelques pas en direction de la porte.

— Il me faudra la grâce de Dieu pour oublier Kaïna sans que ma vie ne devienne un désert aride, finit-il par dire.

— Dieu doit vous entendre parce que je

vous demande de ne pas la revoir, sinon en ma présence.

Delbas s'approcha de Milan et lui donna une tape amicale dans le dos.

— Alors, à samedi ? Sur le cotre... Et sachez que pour profiter de ces bonheurs que vous offre l'Océan, il faut savoir cultiver trois qualités essentielles : la prudence, le courage et... l'humilité. Oui, la mer rend humble !

Milan chercha une réplique, mais ne la trouva pas.

La chambre est située sous le toit. Au second étage de l'hôtel, Kaïna s'évente avec son chapeau de paille. L'été béni est revenu.

Son corps nu est humide de sueur sur le drap où se perd un rayon de soleil. Elle se lève. Consulte sa montre, soupire. Patiente devant la fenêtre.

En bas, un car déverse une masse de touristes. Pour leur prochaine rencontre, ils changeront de lieu. Elle ne supporte plus d'attendre Milan dans le va-et-vient de cette foule qui s'étire sur la route. Dorénavant, Milan et elle traverseront la frontière espagnole, et prendront leurs habitudes dans une auberge de village où ils pourront vivre leur amour en toute sécurité. Ou plutôt dans un hôtel. Elle convaincra son amant d'aller à San Sebastián.

Milan a du retard. La dernière fois, déjà. Il avait participé à une réunion administrative avec Philippe. Ensuite, Philippe l'avait retenu dans son bureau pour lui faire part de projets concernant l'extension de la clinique. Philippe. Philippe. Toujours cette fascination des hommes pour les hommes. Elle n'aurait pas imaginé qu'ils se sentiraient tant d'inclination l'un pour l'autre, qu'en peu de jours se forgerait entre eux une véritable amitié.

Au cours de leur dernière sortie en mer, elle avait eu le sentiment d'être exclue de la conversation, de leur entente, de leur complicité.

Elle s'allonge dans la fraîcheur du drap de lin. S'évente, à nouveau. Elle éprouve l'impression de ne pas pouvoir respirer. Depuis quelque temps, elle souffre de palpitations et d'essoufflements. La veille, à la piscine, après avoir nagé plusieurs longueurs de bassin, elle a eu un malaise. Elle n'a rien dit.

Milan frappe et entre.

Le visage sombre. Kaïna lui sourit. Il devient lumineux. En sa présence, l'atmosphère de la chambre s'anime. Comme le cœur de Kaïna.

La vie n'existe plus que dans le périmètre de cette pièce. Il n'y a rien d'autre qu'eux.

Les amants.

Ils retrouvent les rites institués dans la maison bleue. Le grondement de la marée est loin mais, les jours de grand vent, ils l'entendent encore.

La tombée de la nuit fait resurgir la réalité.

Kaïna enfile sa robe par le bas, l'étire vers le haut, la moule sur ses hanches. Milan remonte la fermeture Eclair jusqu'au cou. Pose ses lèvres sur la nuque, sur la main qui retient les cheveux. Brusquement, elle se retourne.

— Tu ne quittes plus Philippe, remarque-t-elle. Quel jeu joues-tu ? M'aimes-tu encore ?

A travers la fenêtre, elle observe le paysage nocturne. Une cloche tinte. Tinte encore. Les pins versent leur odeur de résine.

— Ne l'ai-je pas prouvé encore aujourd'hui en venant vous rejoindre ?

— Je ne veux pas que tu cesses de m'aimer. A cause de Philippe ou... de ton Dieu.

— Ne parlez pas de Dieu.

— Pourquoi ? Tu as peur de m'aimer ?... Je t'aime, moi aussi.

— Je vous aime au-delà de l'amour. Quand on aime, on ne trahit personne.

La lune est pleine. Kaïna roule feux éteints et pied au plancher. Ce matin, quand elle a ouvert la fenêtre, un vent féroce soufflait dans le grand soleil. A l'emplacement où, pour la première fois, elle avait aperçu la silhouette de Milan, un oiseau est tombé de l'un des pins. Son grand corps gris et vert gisait sur le gravier. Elle l'avait cru mort et soudain, d'un battement d'ailes un peu gauche, il s'était envolé en direction du large.

Blancheur des murs, du lit, des draps, du ciel à travers la vitre, et du visage de Kaïna. Les yeux clos. Les paupières bleuies comme les cernes qui les contournent. Ses mains reposent le long de son corps immobile.

Penchées au-dessus d'elle, deux ombres complices dans l'émotion. Philippe tient à la main une série de clichés. Milan lui fait signe de les lui passer.

– Sortons ! Je vais vous expliquer.

Leurs yeux ne se détachent pas du lit. L'arrivée d'une infirmière, qui surveille la perfusion, les décide à quitter la pièce.

Dans le couloir, Philippe examine les clichés avec Milan.

— Regardez, son cœur est gros, trop gros, c'est la raison des malaises de ces derniers jours.

— Son cœur est trop gros, répète Milan. Que faut-il faire ? Lui en greffer un autre ?

— Que craignez-vous ? Qu'un nouveau cœur contrarie ses inclinations amoureuses ?

— Je ne crains que sa mort !

— Alors, soyez tranquille ! Venez, allons boire un verre. Demain, j'appellerai un confrère de New York.

Le café est à quelques mètres de la clinique. Philippe salue le patron. Le garçon apporte deux verres et une bouteille de rhum. Ils se servent, à plusieurs reprises, sans un mot. Puis, Philippe raconte Kaïna, leur rencontre, leur histoire, le combat qu'il a livré pour vaincre ses peurs et ses préjugés.

— J'étais un sacré imbécile avant votre rencontre à Kaïna et à vous. Vous lui avez redonné le goût de la vie et, grâce à vous, j'ai changé : oh oui ! J'ai changé.

Milan l'écoute, déconcerté.

A sa demande, le garçon apporte une autre bouteille. Philippe lève son verre.

— A Kaïna ! Et à notre amitié !

Milan répète :

— A Kaïna !

Le garçon s'éloigne vers d'autres clients. C'est encore Philippe qui rompt le silence :

— Vous rencontrez souvent Kaïna ?...

Milan ne bronche pas. Les yeux dans ceux de son ami.

— L'amour est-il un mal dont on peut guérir ? Non ! continue Philippe.

Il se sert un verre qu'il boit d'un trait.

— Excusez-moi, je dois passer un coup de fil, prévient Milan.

Le poste est posé à l'extrémité du comptoir. Milan compose son numéro et met la main sur l'écouteur pour ne pas être entendu des clients de la salle.

— L'hôtel San Sebastián ? J'avais réservé

une chambre au mois... Oui, c'est cela, Kalandra. Je voulais confirmer. Merci !... D'ici une semaine ou deux. Je vous appellerai.

Dans le ciel brouillé de déchirures, fusent comme des flammes les rayons d'un soleil capricieux. Les deux amis marchent, silencieux. Au ras de la plage. Le col du manteau relevé. Milan glisse son bras sous celui de Philippe.

Devant eux, le vent herse la surface de l'Océan.

DU MÊME AUTEUR

La composition de cet ouvrage
a été réalisée par
I.G.S. - Charente Photogravure à l'Isle-d'Espagnac,
l'impression a été effectuée
sur presse Cameron dans les ateliers de
Bussière Camedan Imprimeries
à Saint-Amand-Montrond (Cher),
pour le compte des Éditions Albin Michel.

Achevé d'imprimer en mai 1999.
N° d'édition : 18220. N° d'impression : 992233/1.
Dépôt légal : juin 1999.